UM ESTUDO EM BRANCO E PRETO

2

MAFRA CARBONIERI
[Academia Paulista de Letras]

UM ESTUDO EM BRANCO E PRETO

Romance

REFORMATÓRIO

CARBONIERI, Mafra. **Um estudo em branco e preto**: romance.
São Paulo: Reformatório, 2020.

Editores
Marcelo Nocelli
Rennan Martens

Projeto e Edição gráfica
C Design Digital

© Capa
Nilay Ramoliya

© Imagens Internas (na ordem de entrada)
Nilay Ramoliya, Kjpargeter, Maria Eduarda Tavares, Isabella Juskova,
Rene Bohmer, Ian Panelo, Adrien Olichon, Rohan Nathwani e Yapo Zhou
via Pexels e Unsplash

Dados Internacionais de Catalogação na Publicação (CIP)
Bibliotecária Juliana Farias Motta (CRB 7-5880)

C264u Carbonieri, Mafra, 1935-

   Um estudo em branco e preto: romance / Mafra Carbonieri. -
São Paulo: Reformatório, 2020.

   176 p. : 14x21cm

   ISBN: 978-65-88091-11-1

   "Autor vinculado à Academia Paulista de Letras"

   1.Romance brasileiro. I. Título: romance

                                        CDD B869.3

Índice para catálogo sistemático:
1. Romance brasileiro

Todos os direitos desta edição reservados à:
EDITORA REFORMATÓRIO
www.reformatorio.com.br

Não sejamos covardes diante de nossos atos.
Uma vez consumados, não os reneguemos.
O remorso é uma indecência.
NIETZSCHE

Somente se escolhe a dialética quando
não se possui outro recurso.
NIETZSCHE

A história daquilo que não fiz é minha
biografia em baixo-relevo.
MARIA RITA KEHL

A
Annita e Hermínio,
sempre.

EPÍGRAFE ANÔNIMA

Tenho a morte nas mãos e a avidez na culpa.

NOTA PRÉVIA

Recebi a incumbência de julgar estes originais. Com desagrado, descubro logo que sou uma das personagens da narrativa. A editora desconhecia isso. Será que posso assegurar a isenção de meu juízo? O autor não diz o seu nome, mas ele é bem conhecido: herdou um escritório de advocacia que defende políticos pervertidos e participa, em nome da lei, das regalias e rendimentos duma criminalidade obesa.

Teria sido meu contemporâneo de faculdade; porém, não me lembro dele, o que não o inibe de me tratar muito mal. Deseja-me sempre o pior: "Que o Alzheimer o contemple com a convicção do esquecimento..." Ou: "Que morra... E seja expulso da sepultura pelo motim de seus vermes..." Ou ainda: "Que uma lepra bíblica o consagre com as pústulas e os odores do sepulcro..."

O que teria provocado tanta ira contra mim? Claro. Não se pode esperar coerência e exatidão dum esquizofrênico...

Com paciência e pesquisa, cumpri a minha tarefa. A Clínica Psiquiátrica Santa Mônica já não existe: foi desativada há um ano. A teoria da *periculosidade assistida*, cuja prática de mais longa duração ocorreu ali, não passou de tentativa... Aliás, esse é o destino de qualquer empenho ou iniciativa que se refira a regime penitenciário no país.

O esquizofrênico, narrador deste livro, e que prefere ocultar a autoria, passou uma temporada no Einstein (não por motivos demenciais) e, após o julgamento de seu odioso crime, figurou entre os alienados de Santa Mônica. Bem se vê que ele confunde os dois hospitais quanto a horários, atmosfera, graus de vigilância, recursos de atendimento, cela ou quarto...

Maledicente, e na maioria das vezes tenebroso, o seu ceticismo investe contra o significado humano das coisas, com ódio, como se os vícios de hoje fossem os mesmos da época de Alexandre VI, ou Rodrigo Bórgia, que aqui aparece como um morador de rua, o solidéu transformado em touca de gatuno... No entanto, a linguagem é seca e fere como adaga repentina.

Antes que o cadáver desse insano remova no túmulo o pó de sua inquietação, proponho que se publique o romance.

MALAVOLTA CASADEI

SUMÁRIO

15   O crime perfeito

25   Tratado da seiva mortal

47   Acidente de trânsito

85   O gato

93   O assassino no espelho

113   A primeira entrevista

127   A segunda entrevista

141   Ciúme

159   Um estudo em branco e preto

173   Epitáfio

Mafra Carbonieri

Um estudo em branco e preto

Hoje eu mato a minha mulher. Como não sou núncio apostólico, diplomata de carreira ou político renascentista, logo descarto o veneno de rato. Não se observe nisso alguma afeição pelos roedores ou por Stalin. O padrasto do povo russo merecia morrer pelo gume de Raskólnikov, diante do Kremlin e do alarido raivoso, as bocas soprando na praça o vapor do alívio, sob as botas a neve escorregadia da revolta. Apenas não quero delegar a uma combinação química a consciência de minha culpa.

A covardia de transmitir a paixão a um ato do acaso, isso nunca. *Nenhum veneno matará a minha mulher por mim.* Prefiro o machado: o esquartejamento pelo machado: no gume o sangue antecipado da morte: no cabo a exigência da adesão e da força.

Passa de meia-noite e o filme escurece na TV. Agora um piano, a melodia muito leve gira com o letreiro e se propõe como enigma. Súbito ataque da propaganda. Embora mínimo o volume do aparelho, que enigma sobrevive aos publicitários? Ou recordação? Ou inquietação essencial? Já não sei quem sou. A sociedade contemporânea educa o homem para o anonimato. Mas pouco me importa sair da sombra pela fresta fluorescente do crime. Quero matar a minha mulher e perco na poltrona o controle remoto.

Não se mata a mulher no dia claro. É preciso confiar na vinda cautelosa da madrugada e na luz latente que atua na fronteira das horas. Atrás de mim, o *hall* tem cinco portas. Um filme antigo começa a preencher a tela e a memória. Sem emoções inúteis, posso ouvir o ressonar de minha mulher nos intervalos de silêncio. Eu me levanto quase entorpecido, e vagarosamente me desloco até o *hall*, onde a iluminação da noite atravessa a grande vidraça e se reparte, imprecisa e vária, nos degraus da escada. Saio em busca do machado.

O carpete vermelho recebe os meus chinelos com a maciez da premeditação. Enquanto invado a obscuridade da cozinha, apreendo alguma tensão nas coisas inanimadas? Além das janelas e os telhados, o vento espalha sons que não identifico. Empurro a portinhola telada do quintal e o jardim me acolhe com uma fatalidade cúmplice. Na lavanderia, acendo as luzes e entro na garagem pelo arco de pedra. Onírico e ostensivo como se me esperasse para um duelo, apoiado numa rodilha de estopa, o machado ocupa o espaço entre a parede e o armário das ferramentas. Pego-o pelo cabo. Ao voltar, a um toque do interruptor junto ao arco, restauro o escuro ao meu redor.

Desencosto a porta da suíte depois de ter desligado a TV, agora identifico os sons da noite, aperto com a mão direita o cabo do machado, minha mulher se agita no sono, perseguição de carros na Avenida Indianópolis, eu me ajoelho no tapete de lã de carneiro para esconder o machado sob a cama, de repente o grito feroz dos freios e um disparo de revólver, o som dum jato parece deixar seu rastro tênue até sumir duma vez, tiro a roupa e jogo-a no sofá, uma sirena atormenta as consciências em repouso, visto o pijama e me deito.

De bruços, a mão direita movendo-se no tapete de lã de carneiro, sinto o machado com a mão crispada. Um carro, na rua e com o rádio a toda, estaciona sob a tipuana do passeio. Minha mulher testemunhou a decadência de meu corpo e de meu talento. Não preciso de outro motivo para esquartejá-la. Concentro-me nos preceitos da doutrina cristã. Rezo e durmo.

A descarga. Cansadamente, retornando do banheiro, ela suspira e se acomoda entre os lençóis. Deslizo para fora da cama. Já não faz escuro no contorno do que vejo. Por isso, no comando duma crueldade calma, seguro o machado, ergo-o acima dos ombros como um lenhador e brutalmente faço-o descer sobre a garganta de minha mulher. Após o estalo, um vômito de sangue inunda a colcha. O ruído, seco e breve, mais do que o cheiro, me estimula a golpes repetidos. A experiência do esquartejamento combina a exatidão do agressor com a assimetria do corpo mutilado. Um poder reservado aos deuses ou aos loucos.

E o que são os loucos senão deuses desacreditados?

Uma derrapagem na Alameda dos Indígenas não me assusta e não interrompe o meu destino. Envolvo os restos e o machado nos lençóis, amarro-os numa trouxa disforme e precária, puxo-a num tranco e arrasto pela casa o meu crime perfeito. Mito de Sísifo ao contrário, curvado ao chão, sigo de costas até o *hall*, de lá aos dois lanços da escada, depois à cozinha e ao quintal. Abandonando no jardim a carga frouxa, só então percebo, sob a luz neutra da madrugada, a causa de ter-se tornado cada vez mais leve o embrulho ao longo do trajeto. *As sobras humanas, desprendendo-se dos panos, foram ficando pelo caminho.*

Tropeço no machado: a dor me faz chorar: ninguém se importa comigo: as lágrimas criam fragmentos de espelhos à minha volta e através deles eu ando, também mutilado, rumo a meu quarto, revendo o sangue e a anatomia desfeita de minha mulher. Encontro a cabeça no *hall*.

O cheiro da cama, ainda de casal e sagrada, ou o sono da viuvez recente, sugere um desmaio a que me entrego sem relutância. Desabo na memória viscosa de meu crime, durmo, desapareço em mim, pesadamente.

Acordo na manhã nítida com o aroma do café e um ruído de xícaras. O chuveiro me recompõe para o cotidiano da vida em família. Calço os chinelos no *hall*, desço de bermudas e camiseta. Minha mulher me espera no último degrau com um copo de água e as drágeas que devo engolir em jejum.

– Bom dia – ela diz. – Dormiu bem?

– Sim.

– Você se debateu muito – minha mulher liga a TV

da copa.

– Verdade?

– Só pode ser algum pesadelo – ela diz. – As torradas estão no forno.

– Não me lembro... – eu mastigo as malditas drágeas e, já na mesa, afasto de mim o copo com água. – Nunca deixe queimar as torradas.

– Pus as fatias na assadeira agora mesmo – ela suspira e eu alcanço a manteiga com um gesto irado.

Talvez o crime perfeito seja não cometê-lo. Depois do café, vou ao quintal. Ouço a voz de minha mulher, calma e familiar, no telefone da sala. Não entendo. Nenhum sinal de sangue no piso. Ainda me dói o braço direito, e as costas se ressentem pelo esforço de manejar o machado. Subitamente, apresso-me pelos fundos da garagem, tropeço no degrau do arco e procuro o machado.

Lá está ele, o cabo sobre a rodilha de estopa, entre a parede e o armário dos trastes. Uma teia de aranha, símbolo da imobilidade e da negligência, ocupa o lugar do sangue e das estilhas ósseas que deveriam atestar o meu desígnio.

O que não aconteceu? Que demônio interveio para converter minha vontade em pesadelo ridículo? Onde errei?

Talvez a perfeição seja um equívoco. Dizem que W. A. Mozart era afoito e escrevia variações a três vozes sobre os seus descuidos. Devo matar a minha mulher na hora do café? Ou durante o almoço? Com alguns convidados? Convocarei para a *cerimônia* uma granada de

21

mão? Ou, quem sabe, alguém do grupo Kalashnikov? Sim. A cerimônia do adeus. Os jornais de ontem, mais do que as imagens da TV, distraíram a minha apatia. Milhões de brasileiros nas ruas, convictos, irônicos, bravos, até raivosos, gritando contra os bandidos *que eles não elegeram para ofender a nação e conduzir o país ao estado falimentar*. Isso. A cerimônia do adeus. Adeus aos crápulas. Nas ruas, o espetáculo do protesto e do aturdimento coletivo, um réquiem para os ladrões. A massa comprimindo-se entre os edifícios e agitando os estandartes de seu ódio. Um ódio imenso. Adeus. Adeus.

Como eu não gosto de propaganda, minha mulher se esforça para recortar o noticiário e os artigos, acumula-os sobre o carpete ao lado da poltrona, jamais se atreve a amarrotá-los; e deixa na pequena cômoda de charão a garrafa térmica com o café. Quem se encarregará disso quando ela morrer?

Quem se encarrega da limpeza uma vez por semana é uma senhora da agência de empregos. Não se atreve a me olhar de frente e trabalha num silêncio anguloso. Raramente a vejo. Fico no escritório até que a tralha da faxina chegue ali e eu seja removido para o quiosque do quintal. Levo um livro comigo. Uma vez surpreendi a senhora a me observar com temeroso respeito, ou incompreensão. Prende um pano estampado na cabeça, move-se apressadamente pela escada, tem um traseiro de içá, duro e imóvel, consegue não balançá-lo. Suponho que seja testemunha de Jeová: álcool perfumado nas tentações e esfregão nos pecados. Bem como amaciante nas culpas. Não sei o seu nome. Não me lembro de ter ouvido a sua voz. Gosto quando vai embora... Ela tira o pano da cabeça quando vai embora.

Até o crepúsculo parece polido. Brilha o verniz na sala vazia. A transparência, nas vidraças, acolhe as primeiras luzes da rua. O silêncio tem a nitidez das sombras pelos cantos. As cortinas não ousam inquietar-se. A tarde, ainda não extinta, redesenha a folhagem do jardim. Talvez a aragem desperte com a noite. Minha mulher levou o traseiro de içá até o portão e, hábito provinciano, deve estar conversando com as vizinhas. Uma foi assaltada por dois ou três vagabundos que lhe levaram as compras da feira e a carteira dos trocos... Discursaram aos gritos e deram coronhadas no carro, com retidão ideológica. Entreabro a porta apenas encostada e saio para o alpendre de lajotas varridas, como se me esgueirasse. Não sei por que faço isso. Imagino mistérios. Sussurros. Artimanhas da hora dúbia.

Claro que não era uma onça parda. Era um gato com a aristocracia selvagem de sua espécie. Deitado na rampa da varanda, olhando a rua e compondo uma pose de esfinge, abanava lentamente a cauda e simulava indiferença. Peludo, enorme, pardo com estrias negras e brancas, fingia não ter percebido a proximidade sempre estranha dum humano. De costas para mim, olhava a rua. Só a cauda se mexia. Fiz algum ruído, recitei Camões, alterei para Drummond, tentei Platão e Sartre, inutilmente, a atração da rua era mais sedutora.

Mudo, sentei no primeiro degrau da escada. Só então

ele, bem devagar, desafiado pelo meu silêncio, volveu o corpo e me encarou. Era lindíssimo e calmo, ainda que inamistoso. Sem hesitar, veio na minha direção. O passo macio e elástico, ele parecia ter apenas o peso de sua ferocidade camuflada. Deu duas voltas pelo meu torso, roçando, farejou sem interesse a minha existência, registrou-a por princípio e foi embora.

Eu me senti vazio...

...como uma fera a que a natureza tivesse negado de repente o dom de uivar.

O dom de uivar. Quando isso se perde, o que resta? Nada. O orgulho desaparece pelos diversos ralos da existência. O que pode um gato contra mil ratos? Só agora, na decadência infame, percebo que fui um selvagem perseguido por todos os que fechavam o cerco, cada vez mais sufocante, contra mim. E continuam... Jamais eu procuraria refúgio no esgoto... Hoje eu mato a minha mulher como matei um rato na despensa, gordo e ladrão. Minha mulher tenta me convencer de que nunca houve um rato na despensa e que ele não se esconde entre os lençóis. Desconhece que o homem está mais perto do rato do que qualquer outro animal. Ela não sabe que o homem é mais roedor que carnívoro. Por isso o rato substitui o homem nas experiências de laboratório.

TRATADO DA SEIVA MORTAL

Um estudo em branco e preto

H oje eu enveneno a minha mulher. A rigor, o que eu tenho contra o assassinato à distância? *Nenhum veneno matará a minha mulher por mim*, balanço a cabeça, investigo onde eu estaria com o juízo ao escrever tamanha tolice. A decadência de Napoleão Bonaparte é um dom do arsênico, e naturalmente a sua morte. O velho Hamlet não deu ouvidos ao veneno de sua família?

A covardia de transmitir a paixão a um ato do acaso, eu me lembro de ter produzido esse erro filosófico, isso precisa ser revisto com urgência. Além de tudo, os hipócritas que desprezam a covardia se esquecem de que só ela substitui a coragem. De resto, só há acaso: a vida não passa de acasos assimétricos.

Imagino por onde rastejaria a cobra que provocou em Cleópatra o último estertor. Penso na saliva sedutora do diabo. Ou nos potes florentinos. A culpa, no envenenamento, estaria onde estivessem a paixão homicida e a síntese química. Se eu tenho a paixão, ela não me abandona na sagrada convocação da morte pela seiva dos infernos. Hoje eu enveneno esta mulher. Ninguém me despojará da culpa e de seus regozijos íntimos. Para provar que não sou desumano, ou perverso, admito que cultivo secretamente o prazer do remorso.

Com insônia, assustando os vultos que esvoaçam ao meu redor e me tocam com o seu manto frio, calço os chinelos e saio do quarto. O luar me acompanha pela vidraça. A mulher passou mal durante o dia, com dor no estômago, e agora geme, coitada. *Mors omnia solvit.* Descendo a escada, irritado e com sede, procuro na memória uma página de Kant sobre os limites entre a emoção e a paixão. Na cozinha, misturo água gelada e fresca. Kant, que sempre lia a tradução francesa de sua obra para compreender o que escrevia em alemão, concluiu ser a emoção "uma torrente que rompe o dique da continência", e a paixão "o charco que cava o próprio leito, infiltrando-se insistentemente no solo."

Quer água, Kant? *Strudel? Keks?* Eu não consigo comer nada durante a insônia. Veja as formigas na pia, uma patrulha em fila indiana. Sempre aparecem no calor. Será que também as emoções e as paixões são sazonais? Minha mulher geme de dor no estômago e isso me enfurece... Gosto de ferver água na chaleira e escaldar o regimento de formigas. Eu o aborreço, Kant?

Você nada sabe do Muro de Berlim. Mas o episódio compõe na realidade o seu conceito de emoção como "torrente que rompe o dique da continência", mãos que esmurram as paredes injustas até que desabem, ou segurando pás, picaretas, martelos, até que os tijolos se esboroem, Kant, você tem razão, experimente o *strudel*. E a paixão, esse charco prodigioso que cava o solo sob os nossos pés e nos sepulta em vida?

Hoje eu enveneno a minha mulher, Kant, rompendo o dique da continência. Acredito que exista em sua biblioteca um exemplar do *Tratado da seiva mortal*, do abade Ambrósio Villavecchia, de Castiglione di Sicilia, mestre das alucinações medievais em latim e grego. Tenho a tradução dos monges de Alcobaça, Real Imprensa da Universidade de Coimbra, 1792. Sombrios tempos, os do abade Ambrósio, em que o pecado não tinha cura e o veneno era a urina do demônio. Hoje o pecado é a cura.

A água já ferve e suspende a tampa da chaleira, com um ruído evocativo. Não sei se você se recorda, mas no oitavo capítulo do *Tratado* o teólogo Ambrósio Villavecchia estuda o efeito do veneno nos punhais e nas espadas. Observe a morte das formigas pela água quente e súbita, na pia, entre os véus do vapor. Não faço café para não prolongar a insônia. O abade cita um menestrel anônimo que revela em versos a eficácia da urina diabólica. Eu me lembro dum trecho.

> *Na batalha*
> *o ferro limado se ergue em cruz.*
> *Quem o conduz?*
> *Um deus desatinado e pleno.*
> *Mais fatal o veneno*
> *que o gládio onde reluz.*

Muito moderno o menestrel, até pelo anonimato. O burgo de Castiglione di Sicília, na região de Catânia, fica perto de Messina, de onde saíam os aventureiros das Cruzadas. Se as essências que reluziam nos gumes eram mais mortíferas que as espadas e os sabres da fé cristã, e se Ambrósio Villavecchia entendia do assunto, eu não correria o risco de dividir com ele a mesa e a adega da abadia. Nem os livros de teologia.

Quero demonstrar com isto, Kant, que o veneno, tão pérfido, tão feminino na sua astúcia, supera em misericórdia e piedade os demais instrumentos do homicídio. Sempre. Mesmo num insuspeito copo de vidro. E pode matar antes da ferida dum punhal. Ouça, filósofo, o veneno é um deus desatinado e pleno, escute, minha mulher geme de dor no estômago.

Venha comigo, Kant. Eu sei que você tem medo da escuridão e dos escaravelhos orientais. Iremos sob a lua até a lavanderia e o depósito onde escondi veneno de rato. Também tem medo de rato? Só me acompanhe, o piso é de pedra, este é o jardim com dracenas rubras e bromélias, ali um tanque com vasos romanos e ao fundo a parede de heras. O veneno tem a aparência de pequenas esferas duma cor entre o cinza opaco e o negro. Olhe o fundo do copo, assemelham-se a chumbinhos. Agora, na cozinha, acrescento leite de soja. Enquanto subo para o quarto, Kant, missionário de meu destino, assista na TV a um *reality show*. Imagino o seu espanto e sofrimento, a sua incredulidade, de nada valeu ter escrito *Crítica da razão pura*. Pretende ir embora? Já? Não insisto, Kant. Reconheço os seus motivos. Aceite os meus votos de sabedoria constante e tenha uma boa noite de sono. Eu não terei nada disso. Tenho a morte nas mãos e a avidez na culpa. Um frio repentino sugere um começo de febre. Ao desligar as luzes do vestíbulo e da sala, já no primeiro degrau da escada, a claridade premeditada do luar me atrai. Acordando a mulher, sem susto ou delicadeza, aproximo de sua boca o copo branco do veneno. Ela morre, agradecida. Se gritos se expandiram na noite, ou ranger de vísceras, eu não sei, sucumbi ao torpor do luto e da viuvez.

Pela manhã, sozinho na cama, a coberta no chão e o relógio parado, despertei com os motores da rua e uma criança chorando. Maldita família. Antes que o remorso me abatesse, escovei os dentes. Com um pouco de fome, de bermuda larga, ia pela escada quando ouvi o barulho do portão, o chiar das dobradiças e do ferrolho. Nosso carro entrava no abrigo. Minha mulher largou no sofá as sacolas do supermercado.

– Querido – ela tira o colete *jeans*. – Você conversou a noite toda com Kant.

– Conversei?

– Meu intelectual. Sarei da dor no estômago.

– Muito bom.

Atarefada e essencialmente doméstica, ela livra os jornais do invólucro de plástico. Ajeita a almofada na poltrona. Diz:

– Lombo assado no almoço e caldo verde no jantar.

– O relógio da suíte parou — informo com angústia e me sento para ler as notícias.

Ela separa um pacote.

– Eu trouxe as baterias.

Suponho que não haja nada interessante nos anúncios fúnebres. Porém num caderno de turismo encontro o cientista Ludwig Minelli, de Zurique, Suíça, país de bancos, relógios, conservatórios e chocolates, onde ele, pesquisador de mercado e analista das aflições humanas, fundou a empresa mortuária Dignitas. Os negócios de Ludwig Minelli não são funerários, com velório e enterro. Ele atua no setor do *suicídio assistido*, lento, indolor, hospitalar e eficaz. Os clientes, destinatários do serviço, são os enfermos terminais que decidem morrer antes da decadência indigna; e seus familiares que aplacam por um número, no calendário e no cheque, a justa impaciência dos herdeiros. Nada se propaga mais do que o espírito humanitário, por isso há matadouros semelhantes na Holanda, na Bélgica, no Luxemburgo e em alguns estados americanos, como o Oregon. Agora, como ganhar dinheiro, e tempo, sempre foi um *hobby* britânico, o Reino Unido acaba de estabelecer atenuantes para quem ajudar doentes incuráveis a morrer, o que se fará não por sufocação, ou estrangulamento, ou moagem do esqueleto, mas com amabilidade, ciência farmacêutica e artesanato medicinal. Por que gastar uma fortuna na Suíça, com as atribulações dos aeroportos e das agências de viagem, se em Londres já se organiza a *Dignity in Dying* a preços escoceses?

Lombo assado no almoço e caldo verde no jantar. Não acredito ter argumentos para convencer minha mulher a suicidar-se em Zurique. O mensageiro da morte, na Suíça ou em qualquer outro matadouro do primeiro mundo, sabe-se que é o pentobarbital sódico. Não consigo essa droga no Brasil sem requisição médica e inquérito da polícia. Somos atrasados.

Gosto, por exemplo, de caldo de feijão em xícara de barro. E se eu fosse à Suíça? Não seria impossível burlar a alfândega com o pentobarbital sódico numa caixa de chocolate. Que desculpa eu daria para ir à Suíça? Não tenho conta secreta. Não sou político. Estou com fome.

"O político criminoso é um canalha, um canalha, um canalha. Em política, não há canalhas sem aliados..." Leio isso num artigo de Malavolta Casadei. Ele continua: "O realismo é um cobertor curto. Cobre só o que se vê, deixando fora o que se imagina..."

O resto é o ruído e sua ressonância. Minha mulher recorta e deixa ao alcance de minha mão esquerda, que hoje está entorpecida, notícias e crônicas de jornal. *Só o meu ódio por Malavolta não entorpece. Ainda lateja. Mas não é hora de falar sobre isso.*

Massageio a mão esquerda. Apura-se por meio da colaboração de bandidos enredados na Justiça Federal que o governo brasileiro exigiu suborno pela construção duma siderúrgica na Venezuela. Era no tempo de Hugo Chávez e do histórico tesoureiro Vaccari. Faço um movimento obsessivo com os dedos. Parece que o nosso presidente, messiânico e ávido, meteu-se em oitenta corretagens internacionais, desse tipo. Lentamente, recupero o antebraço e a mão para o fluxo de meu sangue vingador.

Amasso os recortes. Rasgo o nome de Malavolta em mil pedaços.

Não me lembro de ter conversado com Kant. O que Immanuel teria a me propor? Mastigo as drágeas de minha precária conservação e isso, sem qualquer dúvida cartesiana, é uma sabedoria.

Já é noite, faz escuro, quase não janto. Subo a escada com o auxílio discreto do corrimão e encontro a poltrona da TV já preparada com o almofadão e a manta. Minha mulher imita Penélope no outro quarto, com as agulhas de tricô e seu silêncio crítico. Penso em dispensá-la de recortar o que devo ler. Farei isso amanhã, caso me lembre. A tesoura ainda é o símbolo afiado da censura. Eu, só eu, devo escolher o que ler. Recordo a juventude de minha mulher. Fomos acadêmicos de direito da turma de 1964.

Ainda é noite na TV. Faz escuro na tela apagada. Fui talentoso, embora nem todos percebessem o brilho de minha originalidade. Muito rico, eu tive uma adolescência borrascosa e lírica, escrevi poesia. Cursei a ciência do direito, aprendi a recitar o óbvio com fulgor retórico.

Miguel Carlos Malavolta Casadei — que um câncer o ampare na velhice — foi meu contemporâneo de faculdade e tem cinco anos mais do que eu. Acredito que os meus artigos para o jornal da escola tenham sido recusados por influência de sua análise mordaz e irreverente.

Recomenda o bom senso que não se atribua tanto crédito às decepções de nossa imaturidade. *Mas o bom senso é bom porque nunca teve talento.* Eu queria dividir o meu gênio com Malavolta, Vendramini, Di Credo, esse era o conselho editorial de *O Meridiano*, a nossa revista... Será que ela ainda existe? Era no tempo da máquina de escrever e meus textos eram perfeitos. Tenho certeza de que foram lidos com a atenção do escárnio e o riso do desprezo. E proclamados na mesa dos fundos do Cine Bar, aos berros, com o bafo dos bêbados. Maldito Malavolta. Que o Alzheimer o contemple com a convicção do esquecimento. Isso não é tudo. Não é tudo. Grito para que a mulher ligue sem demora a TV.

Faz uma semana que eu não mato a minha mulher. Como foi possível tamanho desvio de propósito... Compreendo que o dolo homicida sempre corre o risco do esmorecimento ante a surpresa da tentativa abortada. A fragilidade da condição humana amortece o dolo e corrompe o homicida, atirando-o aos desaforos do remorso antecipado. O verdadeiro mal requer cuidados e desvelos. Sinto falta da proximidade diabólica da culpa. Lambo as feridas duma culpa que ainda não tenho. Mas quero ter.

Inverno. Amedronta-me que minha mulher faleça de gripe. Como suportar a sobrevivência sem arrependimento? De que modo conviver com a vergonhosa inocência? Medicada, ela tosse e levanta-se da cama, vai escarrar no banheiro. Retorna com o egoísmo vago da febre.

Perdi o sono. Agora, no escuro, eu invento corujas

para ouvir o seu chamado. E morcegos cujo voo recorte a sombra em renda esvoaçante. E escorpiões para o alento de meu espírito.

Tento dormir, dou as costas à santa criatura com quem produzi herdeiros e outros dissabores, encolho-me sob a coberta, mas a luz da escada se acende, lá embaixo, e alguém arrasta uma cadeira no piso romano. Eu me levanto, calço os chinelos, visto um agasalho de flanela. Ninguém tolera visitas de madrugada. Perco a paciência e o rascunho do sono. Não calculo quem se atreve a invadir os meus domínios antes da manhã. Algum parente com intenções sucessórias... Ou um ladrão descuidado... Desço a escada.

Está aberta a porta de ferro para o quintal. Passa através da tela a luz dos lampiões. A luminosidade, lúgubre e inquieta, sujeita-se aos caprichos do vento nos arbustos. Em pé e me encarando, vejo um morador de rua. Por que não sinto medo? Nem ele se perturba com a minha presença.

Lá fora, um vento de pesadelo convoca as sombras. Talvez Hamlet tivesse escutado esse vento em volta da triste aparição. O sonho não passa dum roteiro de visões e agouros, sempre tive consciência disso. O morador de rua move o rosto lentamente para me mostrar o perfil. Seu silêncio é astuto e solene. Observo a touca de meia dos ladrões, a face gorda e um ar de desistência infecta. Não sei de onde, mas conheço esse rosto: já vi em algum lugar a autoridade cínica desses olhos e a boca viciosa. *Nenhum cheiro de miséria enquanto os diabos rugem nas venezianas da copa. Só então percebo o passado cardinalício dos andrajos. Aquilo que a princípio eu via como uma touca de ladrão eram os restos dum solidéu. Quem seria? Um doutor da igreja? Ele calçava, em couro cru, as sandálias duma exausta santidade. Um anônimo copista da Idade das Trevas? Ou, ao contrário, um pregador sacro, íntimo da fé e dos púlpitos?*

O morador de rua, ou quem quer que seja, insiste em me exibir o perfil de abade devasso. Imagino-o de báculo e mitra, alisando com as unhas faiscantes as contas dum rosário ou o colo duma noviça. Claro. A memória escancara as suas mil portas e eu revejo o afresco do pintor renascentista que retratou sem paixão esse morador de rua, ainda em pé, e agora me olhando com desinteresse e cansaço. Ele diz:

"Parece que você resolveu o enigma."

"Rodrigo?"

"Apenas o que sobrou de sua carcaça."

Só os alucinados merecem o prodígio e o frio de sua sombra. Então, abotoando a gola do agasalho, eu me curvo ao conselho do inverno e apalpo as raízes do medo. A loucura não germina durante o medo. Os loucos nada sabem do pavor que provocam. O mendigo libera no sorriso um hálito de sepulcro. Para ele sou um fantasma transparente. Meus pensamentos exibem os ossos brancos de sua lógica. E o esfarrapado fala, tão somente fala, como quem retoma a voz apenas para não esquecê-la:

"Eu *também* nunca tive medo."

"Então você percebe, Rodrigo, a ausência de meu medo?"

"Pelo século dos séculos, até o fim dos tempos, esse

tem sido o meu inferno: só existo na cabeça dos alienados."
Não gosto que me neguem o convívio com a lucidez e o discernimento. Fantasmas me visitam de madrugada, ou eu os visito a qualquer hora, quem pode assegurar o controle da diferença? Imprudente como um sonâmbulo, porém na posse duma frieza impiedosa, Rodrigo caminha às cegas até a minha adega. Insinuo:

"Tenho taças vermelhas que lembram cibórios. Você me acompanha num Barolo?"

"Não posso. A eternidade envenenou todo o vinho que me excite o olfato..."

"Rodrigo, não se morre duas vezes."

"Ao contrário, cristão, morre-se mil vezes a mesma morte..." — talvez por ter revelado sem querer um pouco de seu íntimo sombrio, ele atravessa pesadamente o arco da copa e senta-se. Tem confiança no próprio silêncio e no semblante agora portentoso. Seu ânimo — assim me parece — é o de quem se dispõe a uma confissão sem as iluminuras do remorso.

Antigamente murmurava-se nos confessionários: "Padre, dai-me a vossa bênção. Eu pequei contra a castidade. Espiei a Jandira no banho três vezes..." Conheço Rodrigo e sua animalidade subterrânea. Não houve uma única vez em que ele se perturbasse com o suor do pecado em seus poros. Diz:

"O remorso é uma indecência..."

Nos conventos, nos palácios, ou atrás dos altares, Rodrigo nunca se deteve ao desabotoar batinas tímidas e a atiçar as palpitações dos peitinhos ainda hesitantes. Diz:

"O arrependimento torna santos os plebeus. A eles

só restam, na estúpida vida que suportam, o engano da crença e a esperança da canonização..." — para depois, genuflexo e sem se incomodar com quem estivesse ao redor, expulsar com a língua os demônios que sempre se ocultam no fundo das cavernas impúberes. Diz:

"A contrição só visita as vítimas da fé..."

Eu me pergunto se os prelados desfiavam o rosário durante os festins episcopais, mesmo em pensamento, pelo hábito da hipocrisia ou pavor do inferno. Talvez recorressem à embriaguez para apaziguar a ira eterna. Diz:

"Creio tão somente no corpo e no eriçamento de seus pelos..."

A orgia sempre foi o melhor método da psicanálise. Isabel. Margarida. Eulália. Ou Lucrécia. *Laudate Domino...* Viam os seus reflexos em candelabros de prata e se deitavam sobre o vinho sangrento das mesas. Sentimentos felpudos. Copos de cristal veneziano. Sopeiras esculpidas em bronze. Soluços em latim vulgar. Colos e coxas de mármore pálido. Traseiros com a bênção e o retoque do supremo escultor.

Agora um esgar:

"Nunca fiz *amor*. Fiz *religião* pelos atalhos do corpo. O suor insinua rastros que a história se encarrega de enxugar. Só o amor é extenuante, jamais o sexo. Por isso sempre evitei o cansaço inútil..."

De repente, afastando-se o vento, a noite exibe a ameaça de seu silêncio. As venezianas deixam de tremer. Eu me sento ao lado de Rodrigo. Os cães da vizinhança percebem o perigo e cumprem o dever do alarme, ganindo. Rodrigo diz:

"Os demônios... Sinto falta de seu cheiro. O pior da eternidade não é a subversão do tempo e sim a sua penitência atroz: somos todos cegos do olfato..."

Afasto a floreira e cruzo os braços sobre a toalha da mesa. Pergunto:

"Você ainda sente prazer?"

"O prazer se repete pela recordação duma dor."

"Não entendo..."

"Entende... O prazer cumpre pena na memória e a angústia o vigia na carceragem."

Após uma pausa, insisto:

"Haveria um modo de se corromper o carcereiro?"

"Não..." — e ele me analisa sem condescendência. "A eternidade não se vende nem mesmo aos políticos deste país."

Não sinto o frio. Até o inverno se distrai às vezes com momentos cálidos. Apoiando-me ao encosto da cadeira, estimulando uma covardia que já não me compromete, parto para a indagação óbvia:

"E Deus?"

Aflora no rosto de Rodrigo, sem que ele mova um músculo, a sensibilidade do desprezo.

"Os deuses, todos eles, venham de onde vierem, nada mais são do que invertebrados supérfluos. Existem apenas na mente dos vilões. Só os tacanhos aceitam ser dominados pelo castigo ou pela recompensa."

O vento regressa aos telhados. Quem se importa? Eu me faço de ingênuo e tropeço em dúvidas:

"O pecado... O pecado..."

"Platão ensinava que o homem não nasceu para o

prazer. Claro. O prazer leva ao desgaste e o desgaste leva à morte. *Porém, a quem interessa um defunto bem conservado?* Não deixa de ser um atrevimento histórico que se crie o pecado com o propósito de absolvê-lo por um preço venial ou mortal. O pecado não conserva o corpo. É o caminho mais seguro para a putrefação. Suavemente. Nada de confissões embaraçosas e culpas que não significam nada."

Talvez os fantasmas também sejam invertebrados supérfluos. Interrompido o diálogo por um ganido dilacerante, mais próximo e perturbador, a aparição quase se integra às sombras da madrugada. Aperto os olhos como se isso ajudasse a reter as minhas visões. Rodrigo devaneia:

"A religião surgiu para amestrar demônios..."

"E a política?" — reato a conversa.

"A política, e o seu país é uma trágica ilustração do que vou reafirmar, sempre foi a ética da convivência entre os ladrões."

Concordo. Apenas concordo sem dizer nada. Mesmo assim, um ponto obscuro me instiga: por que discutir sobre os objetos de nossa desconsolada descrença? Deus? Demônio? Profetas? *A imortalidade da alma de nossos crápulas?* Rodrigo invade o meu raciocínio. Diz:

"A descrença não precisa de consolações, não é uma censura. Apenas questiona a fé, sem proibi-la..."

"Sim... Sim..." — temo que a imagem de Rodrigo desapareça agora no colo da ventania. O morador de rua quase se confunde com os seus andrajos evanescentes. Ao redor, o mundo açoita o ganido ancestral das coisas.

Não vá embora, Rodrigo. Preciso ir embora. Não vá. Meu tempo é curto. Fique. Simplesmente fique. Vou com o vento. Deixe o vento ir só. O tempo me apaga. Esse coro de ganidos me atrai. Fale. Pense. Converse comigo. Olhe-se no espelho da chapeleira atrás de você. Ele duplica a sua imagem. Não sou dono de meu tempo nem de minha imagem. Vou embora. Não, Rodrigo. Fale sobre Lutero...

"Lutero?"

Fui espanhol. Nasci em Játiva. Desde cedo percorri em êxtase as veredas do corpo e do dinheiro que, sem cautela, se insinuassem ao alcance de meu faro. Ainda nem tinha trinta anos, era viril e de barba nazarena, embora crespa, eu me fantasiei de cardeal para viver a farsa duma densa orgia. Pio II, aquele impotente, ousou me repreender com a severidade dos hipócritas.

Escolhi uma amante, Giulia Farnese, esposa do seco e manso Orsini. Fiz com que essa bela mulher entrasse para a história dos bons costumes com a alcunha de "a noiva de Cristo..." Descabelada, exalando perfume pela ânfora de seus espasmos, Giulia se contorcia entre os lençóis enquanto convocava um coral sacrossanto de gemidos. Nosso pecado brotava da absolvição da carne pelo regozijo animal. Orsini... Que Deus o acolha em seu regaço de anjos cornos e inúteis.

Também provei de todas as delícias com Giovanna de Cathanei, sem conter os vômitos de nossa natureza nos altares da cama, da mesa, dos coxins, ou dos tapetes. Fértil e ávida, nossa paixão rebentou em quatro filhos, todos lindos. Lindos como ouro tilintante.

Ouro. Um nobre, nunca recordei o seu nome, me ofereceu numa confissão vinte mil peças de ouro para que eu o absolvesse duma vergonhosa angústia e o confortasse com a minha bênção: estava transtornado pela irmã e queria dividir com ela a volúpia desse transtorno. Por que não? Permiti o incesto. Não me lembro da irmã... Talvez não valesse a mais discreta das ereções... Porém, as vinte mil peças de ouro cintilam ainda hoje na memória de minha complacência. Fui generoso pelo preço corrente.

Quase uma lenda, como esquecer a festa dos doze garanhões num dos casamentos da pérfida Lucrécia? Via-se do terraço o pátio dos estábulos com o gramado malva. Soltos antes do crepúsculo, afoitos, aplacando o cio a relinchos e a patadas, resfolegando as orações do júbilo, os meus cavalos perseguiam e subjugavam bravamente as éguas que os lacaios escolheram para a cerimônia. Eram deuses de quatro patas e suor bendito. Agiam com o estrépito vital e a reta intuição de seu destino. Que exemplo para os noivos.

Ouça o que resta de minha voz, cristão. Pratiquei a simonia e o assassinato com idêntico fervor e o mais salutar dos prazeres, o lucro. Se você quer mesmo matar a sua mulher, recomendo o arsênico na garrafa dum bom tinto, a "Acqua Toffana", o "Maná de São Nicola de Bari..." Não confie em copeiros, despenseiros, mordomos. O crime perfeito não corre o risco da negligência alheia. Cristão, fui envenenado por engano.

Lutero?

43

Treze anos depois de minha morte em Roma, número cabalístico, os sete demônios que me velavam me deixaram só e podre. Bateram as suas asas de morcego e foram crocitar no horizonte tenebroso. Assim, meu arsênico interior irradiou-se pela tormenta de meu espírito e eu me senti pronto para a eternidade. Saiba, cristão, atormentar-se também é existir.

Uma vez, tarde da noite, sobre os telhados a lua exígua do outono, eu segui uma procissão de almas penadas. Gemiam uma baba gregoriana e arrastavam a corrente de seus crimes. Para os mortos todas as ruas se encontram e todas as paredes são diáfanas. Por isso eu reconheci Lutero frente a um espelho monástico, desses que refletem o que não se confessa: as ambições desmedidas e as erupções da alma torpe. Só eu sei... Só eu sei... Quem aparecia na imagem não era Martinho Lutero. Era outro gordo. Tomás de Aquino. Lutero ensaiava um sermão raivoso como se revelasse pelos gritos e pelo suor uma verdade nova. Rivalizava com o santo. No dia seguinte, com o furor no lugar da fé, ele fixou as suas teses na porta da Igreja do Castelo, em Wittenberg.

Que outros desejos e angústias mostraria o espelho desse monge?

Não sei o que estou fazendo no escuro. Ouço a tosse de minha mulher descendo a escada. Digo que já vou... O pigarro volta para as cobertas. A porta da cozinha está trancada. Nenhum lampião aceso no quintal. De repente eu tremo de pavor e silêncio. O calafrio é o relâmpago dos nervos.

Estou deitado de costas.

Não sei se faz frio ou calor... Empurrei a coberta para os pés. Não que me importe tanto, mas por que a humanidade me despreza? Sempre foi assim... Alguma coisa me persegue e às vezes me causa medo. Por que a minha mulher permitiu que eu envelhecesse sozinho? Agora ela se tranca no banheiro e não tem o pudor do silêncio, aliviando o corpo de seus líquidos miseráveis, para depois acionar a válvula do vaso, como um anúncio. Talvez o motivo da morte — em sentido filosófico e entre casais — seja a intimidade prolongada. O tempo torna tudo mesquinho e vil.

Detesto as formigas e a sua vocação para a ordem e a logística. Insetos militares. Parecem cobras volúveis, movendo-se a um comando escuro. Odeio a sua tenacidade em subsistir como espécie, não como indivíduo. Às cegas, minha mulher deixa o banheiro e afunda-se na cama, bocejando. Nem percebe que as formigas sobem a escada, contornam o vestíbulo e se intrometem por baixo da porta, fiéis a algum rastro ou a algum desígnio secreto... Aproximam-se do lençol branco... Vestem o meu corpo de pegadas levíssimas e hediondas... Querem me devorar... Eu me debato, gritando... Minha mulher se volta e o colchão estala; então ela me abraça agitadamente, diz com sono e impaciência, não foi nada, não foi nada...

Mafra Carbonieri

ACIDENTE
DE TRÂNSITO

Um estudo em branco e preto

Deslumbrante. O nosso carro é deslumbrante. Inútil dizer que é do *design* ou do tom negro--metálico que torna a lataria um espelho voraz. Bancos elétricos de cromo alemão. Estofamento lânguido. Pneus All-Season Passenger. Buzina Stradivarius. Escapamento de dupla saída. Suspensão melíflua e autonivelante. Teto solar cartesiano. Piloto automático Cruise Control. Computador de bordo. Som filarmônico. Bússola na direção. Circuito telescópico de imagem. Sensores capilares de estacionamento e de chuva. Telefone vermelho. Freios ABS. Tração AWD. Iluminação azulada por LEDs. Rodas aro 17 com raios de bronze. Câmbio com *shiftronix prodrive*. Farol de xenônio. Motor V6 24V. Pistões opostos. Acelerador culto. *High power* de alumínio com CVVT. Multivisor panorâmico. Retrovisor polimórfico. Ambivisor transcendente. Minicalotas de carbono. *Air bag* múltiplo. Porta-malas *King*

Size para três cadáveres categóricos. Coletor eletrônico de vômitos.

Teriam os deuses cinco portas? Sistema *keyless* ou alarme contra o demônio? Passo a flanela nos vidros e as visões me provocam, mais nítidas, acotovelam-se dentro do carro e mostram os dentes. Hoje eu atropelo a minha mulher.

Como se percebe, eu tenho leituras, conheço até a prosa de Alexandre Dumas, cujo nome pronuncio sem ofensa ao francês. Há uma narrativa de Dumas, *Bianca Capello*, que termina com a tentativa de envenenamento dum cardeal, logo um cardeal, esse verme sinuoso e paramentado, íntimo da fé e de seus milagres. Pois o eclesiástico possuía, além dos signos do poder, uma opala, lembrança do papa Sixto V, *e a pedra se toldava ante a aproximação de qualquer veneno*, mesmo numa travessa de prata e escondido na sibilina torta de Bianca. Teria a minha mulher uma opala com semelhante propriedade? Sem que eu soubesse? A ousadia de Sixto V chegaria ao ponto de ele, o sumo, oferecer de presente à minha mulher um alarme cardinalício? Não creio. Estive só uma vez com Sixto, foi em Capri, jogamos um xadrez diplomático e ele me pareceu santo e impotente pelo modo como deslocava o bispo no tabuleiro. Hoje eu atropelo a minha mulher.

Mas o veneno não me sai da cabeça. Como tenho alguma tendência para a filosofia dos mitos, busco uma relação essencial entre as mulheres e a baba do diabo. Fico imaginando nos tanques do inferno um banho ancestral e permanente, elas se imunizando, ou mais do que isso, tornando-se peçonha. Não estou louco. *Minha mulher tomou o leite de soja e não perdeu uma gota.* Era veneno de rato. Kant é testemunha de que era veneno de rato. Houve uma época em que eu sabia direito penal. Os estudos sobre a morte engendrada pela mulher revelam que a fêmea intenta compensar a sua fragilidade física empregando o veneno. Locusta em Roma, Toffana no Renascimento Italiano, a marquesa de Brinvilliers no reinado de Luís XIV, França. Sem pessimismo, reconhece Schopenhauer que "a natureza não deu outra coisa à mulher, para defender-se e proteger-se, que a dissimulação."

Ouvi um polemista generalizar após o terceiro copo: "Não fosse astuta, não seria prostituta."

Hoje eu esmago esta mulher e espalho no chão o seu veneno. Tenho um sítio em Pereiras, num desvio da Castelo, a leste, logo depois de Cesário Lange. Ajudo a mulher a arrumar as sacolas no porta-malas. Com um sorriso, muito vago, quase absorvido pelo brilho negro da lataria, acomodo embrulhos e pacotes. Vamos viajar para Pereiras. Imagino sangue e ossos sob as rodas... Tanta chuva durante a semana, o frio de dois gumes afiando-se no ar, e agora a manhã me convoca para o calor e a premeditação homicida. Memorizo o atropelamento passo a passo. Será na viagem de volta.

O orvalho ainda umedecia o gramado e as árvores quando eu rastelava as folhas no pomar. Minha mulher me chamou para o café e eu lavei as mãos no tanque. Uma família percorria o arruado de pedriscos, além do portão: a ferragem duma bicicleta fazia um ruído seco. Esfrego as solas do tênis no capacho. Alguma coisa de acre no ar, junto ao perfume dos pinheiros, me inquieta e me distrai. Dois sanhaços pousam no aramado da horta. Talvez eu não mate a minha mulher. Seria o cheiro do café? Subitamente, uma orquestra se desprende do rádio-gravador, *Miss Otis Regrets*, de Cole Porter, agora a voz de Nat King Cole. Ele gravou o *show* na noite de 14 de janeiro de 1960, ao vivo, no The Sands, Las Vegas. Nunca disse isto a ninguém, eu estive nesse *show*, eu tinha vinte e oito anos e Elvis vinte e cinco. Elvis estava lá, ou um sósia precoce.

Meio século depois, tomo café com Nat King Cole em Pereiras, *the great singer regrets*, ele se arrepende por não ter me conhecido antes, no The Sands. Também tenho uma voz rouca e acariciante. O pesar não o impede de propor um dueto com a gravação, enquanto belisca um queijo de búfala. Eu me limito a ouvir e a balançar a cabeça. Nat mexe o açúcar, e rebatendo o *breakfast* com café puro, um largo sorriso, pede-me por empréstimo uma das bicicletas. Muito clara a manhã, a aragem sugere improvisações no movimento. Abro o portão e ele sai tilintando.

A mulher colhe alface crespa. Desligando o rádio-gravador e armando a rede entre os dois pilares do alpendre, junto ao janelão envidraçado, arrumo os jornais no piso e sei que teremos um almoço leve. À noite iremos ao Gorga's, de Conchal, para uma *pizza* com cerveja preta. Não vou matar a minha mulher. Pela vidraça, observo-a no balcão da cozinha. O amor, mesmo cremado e com as cinzas esquecidas, às vezes me enternece.

Sigo o horóscopo: "Melhor será promover um acordo para acabar com o estado de tensão do que dar um murro na mesa e mandar todo o mundo para o inferno. A vontade é a atitude agressiva, mas os efeitos não trariam nenhum alívio." Eu já disse, embora ariano, não vou matar a minha mulher. Manejando com habilidade a faca, ela desfaz uma cebola em fatias finas e as espalha em anéis. Leio o noticiário. Traficantes abatem a tiros um helicóptero da polícia. Gente com mestrado e doutorado inscreve-se em concurso para lixeiro. Agora existe estupro contra homem: logo alguém sustentará a tese de que as cabras podem ser vítimas de atentado violento ao pudor.

Nisso, junto à caixa do Correio, tocam a sineta. Pelas frestas verticais do portão, reconheço a bicicleta, não Nat King Cole. Sempre me aborrece interromper a leitura dos jornais, na rede, em torno o brilho e o calor da manhã, logo no trecho em que descobriram o crânio dum monstro marinho. Onde? E já entrevistaram Fellini? Utilizo os chinelos como pesos em cima dos jornais, no chão, assim frustro as intenções do vento. Vou descalço pela alameda de pedras.

Abrindo o portão, tomo um susto ao rever quem, desajeitado e trágico, ocupa o lugar de Nat King Cole no selim da bicicleta. Um sapato desamarrado, a pele de papel velho, o cabelo grisalho e sujo, amontoando-se na nuca e nas orelhas. É você, Louis? As pálpebras descaem sobre a chama extinta dos olhos. A ausência do cachimbo o abate mais do que a culpa. Louis Althusser, o mesmo paletó castanho de nosso último encontro no terraço interno do La Coupole, em Montparnasse. A mulher de Louis, Helena Rytmann, que ele acariciou com ternura psicótica até estrangulá-la, enquanto uma panela chiava no fogão a gás, me falou uma vez num café da Rue des Rennes, fugíamos dum marxista recente, "os idiotas não têm rugas de expressão."

Matar Helena. Tantas vezes chamei Louis de idiota por isso. Disseram que ele escondeu o cadáver debaixo do sofá. Ele desmonta do selim e erguendo as presilhas do bagageiro me oferece um pacote pardo, meio rasgado, com a marca de Audot, Libraire-Éditeur, Rue des Maçons, Sorbonne, Paris. Eu me aproximo da noite aquilina de seu rosto. O pudor me induz a não avaliar a fatalidade das olheiras e das rugas.

Desembrulho o livro, é *O túnel*, de Ernesto Sábato. Em silêncio, Louis Althusser abandona a bicicleta no pilar e me dá as costas, segue no rumo da linha-férrea e desaparece. Eu grito, Louis, Louis. Minha mulher me pega pelo braço, não é hora de passear de bicicleta. Onde você largou os chinelos? Ela tranca o portão e me empurra para o alpendre. Na rede, volto aos jornais. Albert Camus gostou deste romance, *O túnel*. Não há artista sob a tirania ou as ardências duma fêmea que não se impressione pelo relato de Sábato. Ajeito o livro em cima dum chinelo. Tensos, os punhos da rede pressionam os ganchos, e algo como um gemido me atinge a memória, desperta-a e me traz um conforto sombrio. Ao alcance da mão, numa banqueta, suco de laranja e *petit-four*. Estico as pernas e leio, em Paris um filósofo argelino

Um estudo em branco e preto

estrangulou a mulher. Em Buenos Aires um pintor esfaqueou e matou a amante. Isso não se faz...

As notícias farfalham no meu colo. A polícia fechou, perto de Guarulhos, um frigorífico que mantinha em estoque mais de trinta toneladas de carne com a validade vencida ou a vencer. A mercadoria era reembalada com datas fraudulentas e vendida a hospitais, creches, escolas e penitenciárias. Eis que um apóstolo e uma bispa foram presos em Miami, e depois condenados por arte do demônio. Estavam na posse de sessenta mil dólares, em fundos falsos de malas e bíblias, e forros e bolsos clandestinos, quando salmodiavam apenas dez mil aos fariseus da alfândega. Homens de pouca fé. Ninguém mais crê no milagre da multiplicação.

Vamos almoçar.

Um dia depois, à tarde, regressamos a São Paulo. O trânsito era sempre lento no primeiro pedágio, mas ia fluindo, e eu me permitia fluir com ele, nada me irritava. Isolado numa bolha de ar condicionado, imaginava lá fora o ruído, o cheiro do óleo e o pegajoso da fuligem. A paisagem da Castelo, correndo nos vidros, impunha a esmo uma claridade ferina. Minha mulher examinou o incisivo no espelho-retrovisor. Isso me comoveu. Decidido a não matar a santa criatura, eu dirigia com gentileza e requinte, acariciando o couro do volante. Tudo me parecia ter um significado misericordioso: os tons vermelho e roxo do poente: os porcos na carroceria gradeada dum furgão: os *outdoors* nas encostas: um gato na janela dum carro: cercas brancas: um lago quase encoberto por chorões e ipês. Parei no acostamento. Disse:

55

— Acho que esqueci na varanda *O túnel* de Sábato.

— Será? Podemos fazer o retorno antes de Iperó.

— Não tenho certeza se esqueci ou não... — assumi a dúvida com integridade. — Veja no porta-malas.

Desafivelando o cinto, ela saiu. Abri eletronicamente o capô. A alavanca do câmbio em ré, eu atirei o carro para trás com cega violência. Foi mínimo e fatal o solavanco. Nenhum grito. Não sei quantas vezes repeti a manobra, indo e voltando sobre o resto do que fora Helena Rytmann, ou Maria Iribarne, aspirando o perfume da morte e sabendo que debaixo das rodas se espalhavam sangue, vísceras e ossos triturados. Passou um ônibus, e nas janelas crianças acenavam com horror. Outras riam com desespero. Logo um helicóptero ensurdeceu o pânico e girou no ar, agitando um bosque de pinheiros.Vi uma revoada de abutres. Agora o silêncio. Será que a culpa toma o aspecto da paralisia e da prostração? Liguei o rádio, ouvi a estática, muito de longe, mas isso me bastou.

Empurrei a porta do carro, e saindo, reconhecendo o ruído dos pedriscos sob as solas, pisei na sombra de minha viuvez. Além das defensas, o vale acolhia a luz hesitante que antecede o crepúsculo. Eu sentia com angústia, também com alívio, os motores da estrada. A visão parecia tremer. Rugindo e oscilando, as máquinas me distraíam do remorso. Comecei a andar pelo acostamento. A percepção fosca de minha solidão me inocentava.

De repente, um toque suave, insinuante, era a buzina Stradivarius de meu carro. Helena, ou Maria, ou minha mulher, sugeria o sorriso da repreensão e me chamava de volta. Vamos, querido. Quero chegar a São Paulo an-

Um estudo em branco e preto

tes que anoiteça. Você não esqueceu em Pereiras *O túnel* de Ernesto Sábato. Ele está no porta-malas, bem embaixo de *O vendedor de sonhos*. Vista o casaco e entre logo. Vou dirigir. Quer um pouco de água gelada?

Como um cego, contornando o carro devagar, quase trôpego, e vestindo o abrigo que ela me estendera, não quero água gelada, eu me encolhi no banco do passageiro. Ponha o cinto de segurança. O carro em movimento, eu ajustei o cinto e me resignei ao frio injurioso de meu suor. Você está um pouco pálido. Suspendendo a gola do casaco, a flanela axadrezada e os botões pretos, ao acaso da vertigem e da velocidade, recorri ao torpor.

Meu raciocínio cambaleava de sono e me dificultava o entendimento do que acontecera. Criatura diabólica. A partir do primeiro solavanco eu a atropelei seguidas vezes, alternando frente e ré com fúria. Apesar de minhas lágrimas, e compaixão, *eu vi*, fascinado, o corpo deformar-se entre as rodas e o asfalto, expulsando o sangue e os gases fétidos. Ela morreu e recuperou a vida num único instante. Isso só se explica por uma heresia do inferno: milagre satânico: suprema ofensa ao Criador que nos fez para a morte. Que outro sortilégio se encarregaria de recompor os ossos e os músculos dessa mulher? Que feitiçaria a revestiu de pele e lhe regenerou os nervos?

Abaixo o encosto do banco e alongo as pernas. Pensando na ressurreição e na eternidade de Cristo, talvez de Lázaro, não me deixo enganar. *A vida não passa duma profanação transitória da morte.* Às vezes me ocorrem disparates inteligentes como esse. Não acho a minha viseira. Vou dormir.

57

De madrugada o silêncio me despertou como uma sombra imprevista. A lucidez me abriu os olhos para o sono das coisas. Afastei um resto de torpor com a colcha. Nenhum ruído, mínimo que fosse. A claridade da noite empalidecia ainda a vidraça do *hall* e atingia o carpete. Às vezes acordo com os olhos ocos das estátuas. Nada para ver. Ou reconhecer. Ou sentir. Nem mesmo um cão ladrando de sobreaviso. Ou bêbados argumentando nas esquinas.

Crispei as mãos no lençol. Erguendo o torso e pisando no soalho, era absurdo não pensar. Não fazia frio, mas eu o percebia aproximar-se, secando o suor das têmporas. Seria o silêncio, ou a consciência brusca de sua presença, a outra vertente de nosso vazio?

O meu vazio.

Por que, duma hora para outra e expulsando o sono de meu corpo, alguma coisa me acordou *tão inteiramente?* Contudo o chão era uma realidade e me induzia a seu macio conforto. Enquanto recobrava a memória de meus passos, alcancei uma camiseta no cabide e minha mulher balbuciou as interjeições de algum pesadelo. Que se dane. Fui para o *hall.* Sempre gostei da luz doentia que descamba na vidraça.

Descalço, não quis acender as arandelas para descer a escada. Percorri a casa toda, tangenciando o escuro. Não percebia ao certo o que me incomodava e me impelia pelas arestas da hora neutra. De repente, a moto do entregador de jornais, as manobras na calçada, a queda dos pacotes no piso. Depois, o ruído se distanciando e os sabiás da manhã nascente. O vizinho fez café? Ou seria a minha infância atrás da porta? Subi a escada numa fuga trôpega.

Agora a minha mulher dorme com a boca aberta. Deito de costas para a santa criatura.

De manhã, depois do café, não sei o que poderia ter acontecido, minha visão começou a turvar-se bem devagar, mas sem volta, empurrei a cadeira e fui da copa ao quintal com o passo resoluto, sem esbarrar no corredor polonês de vultos cor de cinza, ora, não é possível chorar de olhos secos, mas ali, ao redor, o mundo se exibia num inquietante aquário, tudo, os canteiros de ráfia, os vasos de tinhorão, as dracenas rubras, as colunas gregas da jardinagem, falsas, de cimento grosseiro, porém, sugerindo ruínas entre as samambaias, tudo úmido, vago, e não garoava. Eu estava confuso e talvez ridículo. *O primeiro patamar da tragédia é o ridículo.* Eu recordei essa frase diante do muro onde se confundiam as heras.

Às cegas e às tontas, andei dum lado para outro. Tropecei nas sandálias como um bêbado severo e desastrado. Perto, muito perto, ouvi a voz de minha mulher, o que foi? Nada, não me aborreça. Consegui chegar à pia do quiosque para lavar o rosto. Quem sabe fosse o aroma traiçoeiro do café, as evocações amargas, a borra no fundo da xícara. Já disse que não é nada. Você ficou surda? Saia da frente.

Raspei o joelho na quina dum dos pilares de tijolo à vista — no caminho — ainda bem que a idiota não percebeu isso. A dor, aguda e rápida, ao contrário de me irritar,

59

até me trouxe algum conforto, um surto de tepidez que me restituiu a mim mesmo. Qualquer dia eu me animo a escrever sobre o bem-estar da dor. Concedi que a santa criatura me conduzisse até a poltrona da sala, onde o desalento esfriou de vez o meu corpo e me fez mais cair do que sentar, de lado, derrubando a garrafa térmica sobre a cômoda de charão.

— Meu Deus... — era a abstração predileta de minha mulher. Fechei os olhos, abri-os de novo, enquanto ela falava agitadamente ao telefone.

Bom. Nada muito importante. Talvez fosse apenas a morte se avizinhando, cálida e mansa como as águas dum estuário no outono. Minha memória saltou para fora de meu esqueleto. Eu vi um desfile de rostos. Eu me vestia de água. Eu ouvia gritos — cada vez mais longe — e os interpretava como pios de gaivota. Então os sons da manhã mergulharam na noite plena.

Quando acordei, estava no Einstein, isso ninguém precisou me dizer. E intubado, muito menos. Voltava a ver o mundo com nitidez, mas isso não despertava em mim alguma lembrança que sugerisse gratidão. Sempre paguei em dia as minhas contas. Aprisionado a aparelhos, fios e sondas, já não reconhecia o arvoredo do Morumbi, cujo verde difuso adejava lá embaixo, por uma fresta, ou pela misericórdia da vidraça. Aventais brancos me envolviam com expressões sérias. Tudo me induzia ao sono.

Mas eu reagia ao torpor. Não me iludia ante a maciez da manta azulada. Cerrando ardilosamente os olhos,

Um estudo em branco e preto

confiando na exatidão das pálpebras, eu comandava a penumbra do quarto e impunha disciplina a meu sadismo. A tubulação não me permitia rir. Entre mim e o teto movia-se um álbum de família com retratos frios, quase tumulares: na palidez de cada rosto o gesso da esperança: no silêncio a que os obrigava a hipocrisia, malditos, mil vezes malditos, ouvia-se o rastejar dos direitos subjetivos. Eu me sentia ótimo como pasto para abutres. Longe de querer espantá-los, eu me oferecia como atração inerte. Filhas, genros, um sobrinho endividado, a corja voejando baixo sob o teto e cercando a aparelhagem, absurdos, tão cruéis como eu, um desfile quase militar onde o uniforme estava no semblante, era a simulação da saudade, um ensaio do pesar cujo rito prometiam seguir. Subitamente, reconheci a minha mulher.

Linda como no tempo da faculdade de direito. A pele sempre matutina e fresca. A beleza plácida e com fios aloirados na testa. Os olhos cor de avelã. A penugem da nuca. O gesto que nunca violava o recato. Até o salto da sandália era tímido. A respiração de quem ainda recordava o bico da chaleira, da madrugada, fumegando no coador do primeiro café. Enquanto o vento passeava pelos eucaliptos da Vila Falcão, em Santana Velha, agitando as plumas do capinzal, ela se debruçava no parapeito do alpendre, junto a uma das colunas de granito negro que davam a volta pelo pátio interno.

Confesso que me comovi. Seria da tubulação?

O rosto de minha mulher era o único que transmitia piedade e adesão pelo afeto. Nunca chorei em público. Isso não aconteceria logo agora, sitiado por herdeiros.

61

Emudeci meus olhos.

Assim seja. Hoje eu não mato a minha mulher.

Luzes acesas. Madrugada? Crepúsculo? Perdi o comando ilusório do tempo. O tempo, esse agiota shakespeariano que esconde os nossos segredos no cofre de sua loja de antiguidades e nos impede o resgate. Embora não pareça, estou raciocinando com a habitual coerência. Tive uma parada cardiológica, mas continuo inteligente. Vejo que a minha mulher se move entre o vestíbulo e o corredor, e fala ao telefone. Um enfermeiro anota numa ficha as minhas reações vitais. Ainda estou intubado. Ele me observa com a simpatia que os velhos julgam merecer. Mereço alguma coisa? Não sei e não me importa. De nada vale o julgamento transeunte, mesmo dum enfermeiro do Einstein, que cumpre o seu turno até livrar-se do avental na rouparia. O soro. O soro num frasco. A transparência de ambos no tripé de metal esmaltado. Tantas vezes vi esse aparato nos hospitais, mas de outra perspectiva, quando a contragosto visitava um doente próximo. Próximo da morte. Sempre me interessou o prenúncio da esperança exausta.

O enfermeiro molha um pedaço de gaze em alguma solução incolor e gelada. Umedece as rugas ao redor de meus olhos. Movimenta em círculos o indicador e entendo que ele me sugere acompanhá-lo nesse teste de discernimento. Sou aprovado. Mas ele já esperava por isso. Educado, talvez piedoso, o enfermeiro exagera a alegria que deveria empolgá-lo sem alarde, apenas em tom menor. Afinal, por estar onde agora estava, claro, percorrera com distinção o curso de primeiros socorros e enfermagem. Tocando-me o rosto com a gaze ainda gelada, ele diz:

— Meu nome é Jetro... — admite isso sem ironia ou jactância. Tão somente esclarece um fato, ainda que bíblico e sonoro. Jetro. Talvez seja evangélico. Ou massagista. Tendo aproximado de minha face os olhos castanhos, com cintilações verdes, e me acariciado as têmporas, acrescenta como quem se liberta duma obrigação desinteressada: — Mandaram a mulher embora...

Outro teste. Jetro confere a profundidade de minha argúcia, se ela é rasa ou perigosa para os que se afogam por vocação ou negligência. Em que ano estamos? Que mulher foi expulsa em 2016? Exibo um fulgor eloquente nos olhos. Sei do *impeachment*. Apesar de velho, e talvez acabado, sofro como todo mundo a surpresa de saber, com a consciência indignada, quem comanda o país: criminosos, biltres, crápulas... Leio os jornais... Suportei os debates... Ouvi a discurseira atroz... Mais atroz é estar intubado e não festejar o *impeachment* com um copo de vinho tinto... Ó céus...

De novo sou aprovado. Mas diminuo a eloquência do olhar. Lentamente, palavra por palavra, a prédica analgésica do enfermeiro me decepciona. Jetro transfere para um púlpito evangélico as palpitações do sarcasmo coletivo contra os *maus ladrões*. Indefeso, submetido a tubos e a medicamentos, sou compelido a escutar que o *Divino Salvador criou os partidos políticos para disciplinar a nossa fé, e multiplicou-os no Brasil para diversificar os caminhos de nossa esperança...*

Os maus ladrões, penso. Isso significa que o país não desconhece os bons gatunos, e eis a mensagem do evangelho segundo Jetro, há os bons larápios, aqueles que escapam do flagrante ou das gravações insólitas, ou manipulam as cortesias e subterfúgios do *Vade-Mecum*. *Para Jetro, só os demônios subornam e se deixam subornar. Andam camuflados, em bandos, pelos salões do poder político, e se identificam por siglas. Um dia sentirão nos calcanhares o peso da tornozeleira de Deus...*

Isso me confunde e me irrita num único instante, não bastasse a aparelhagem que me reduz ao silêncio. Mas Jetro, de caneta na planilha, cumpre apenas as normas do Einstein e não da igreja evangélica. Deve anotar que, como Cícero, estou bem situado nos costumes do meu tempo, criticamente. "Mandaram a mulher embora..."

Vejo minha mulher e me permito uma distração tola. Penso: "Os demônios votam? Ou estão isentos?"

Pela manhã, sem mesmo acordar de todo, percebo rostos compungidos no vestíbulo, cercando enfermeiras e o apóstolo Jetro. Ele é alto, um pouco escuro, seco, e interpreta com comedimento o pensador de gesto magro e de atenção hesitante. Meus parentes aguardam notícias de meu enterro, então abaixam a cabeça, as mãos nos bolsos, o sofrimento súbito no celular. Não se atrevem ao desespero. Estacionam na orla da preocupação. Seus sentimentos são ligeiros, ainda que de ombros caídos.

Quando acordo, médicos e atendentes se postam ao

Um estudo em branco e preto

redor de minha cama. A solicitude deles faz adejar os aventais, uns brancos, outros duma cor verde-água. Riem com estudada desenvoltura e conferem fichas. Entendo que vieram retirar os aparelhos e isso, obscuramente, me amedronta. Mas Jetro faz a remoção com uma perícia risonha que me surpreende. Consigo falar e satisfaço a ansiedade com uma voz grave que nunca foi a minha. Eu me assemelho a um barítono russo. Minha mulher se aproxima. Devo cantar *Os barqueiros do Volga?*

Eu, operístico por dentro, pastoreando cabras nos Urais, sou transportado para uma dessas macas de rodízios ágeis. Uma coberta me acaricia. Cumprimento os curiosos no corredor, só para vocalizar com timbre de fagote as paixões possíveis. Na viagem rumo ao quarto, veloz e breve até à porta dum dos elevadores do saguão, desfilam tetos com a luz serena da retomada. Volto à vida, mesmo que absurda e falsificada no meu palco. Pobres parentes pobres.

Sempre achei uma humilhação dormir depois do almoço. Resisto a isso apesar dos calmantes que de vez em quando colocam em minhas pálpebras as moedas do cadáver bem comportado. Agora me ocorre que bom comportamento seria uma espécie de *rigor mortis*. Veio a sopa numa terrina com ramos de salsa e remotas batatas, mais tépido o carinho da servente que o caldo. E escassas cenouras.

Onde estaria o apóstolo Jetro? Às vezes ele sumia ou eu confundia os horários. Quem revezava com ele, um negro baixo e musculoso, atarefava-se numa eficiência muda e pouco visível. Parecia assustado comigo, talvez fosse apenas tímido. A qualquer pretexto eu exibia a minha voz plena de escuridão e drama. Passei a tarde como um monge ucraniano, rodeado de ícones, entre vitrais imaginários e ossos de santos, entoando salmos e mascando longas vogais. Minha mulher retomou o hábito dos recortes.

Para o espanto do corredor e do vestíbulo, eu lia alto e grosso, os óculos no nariz, e na voz a fatalidade bíblica da verdade. Mais do que nunca, irmãos, não só no princípio estava o verbo.

"Foi a única vez que estive com Fidel Castro; não conversamos, porquanto ele não era pessoa que admitisse interlocutores, apenas ouvintes" (Vargas Llosa).

"Até um dia, Gullar. Na manha de domingo passado, enquanto as pessoas em quase todas as cidades brasileiras se preparavam para sair às ruas e dizer não a esse governo, não a essa Câmara abjeta, covarde, repulsiva, pusilânime, asquerosa, você nos deixava" (Loyola Brandão).

"O silêncio é de ouro. A palavra é de prata. Mas o cagaço é de cobre, insinuante, pastoso, indigno, íntimo dos fundilhos e acusador dos dólares ali ocultos. Por ele as vísceras confessam estrepitosamente" (Malavolta Casadei).

"Gosto de ser chamado de criminalista, embora não me situe nem perto disso. Os criminosos me atraem, mesmo ante os equívocos de Lombroso. Se eu tivesse que contribuir nessa área do pensamento, colocaria entre os criminosos por tendência um novo tipo, o cafajeste com talento, o crápula com o *virtuosismo* que só a vocação justifica. O nosso país produziu uma série desses biltres na argamassa torpe de empresários e políticos. Basicamente idiotas, arruinaram um país tão belo. Nasceram de nossa negligência histórica. O que nos impediu de sufocar na fonte a seiva podre de tanta criminalidade?" (Amauri Di Credo).

"O país perdeu a inteligência e a consciência moral. Os costumes estão dissolvidos e os caracteres corrompidos. A prática da vida tem por única direção a conveniência. Não há princípio que não seja desmentido, nem instituição que não seja escarnecida. Ninguém se respeita. Não existe nenhuma solidariedade entre os cidadãos. Já se não crê na honestidade dos homens públicos" (Eça de Queirós).

"Entrei em casa e não olhei o espelho, com medo de não ser refletido" (Arnaldo Jabor).

"Os deuses nos fadaram para sermos desgraçados" (Penélope).

Interessante isto: parece que Zweig antecipou um bilhete para Trump. "Não há nada que eu odeie mais do que o culto das nações por si mesmas, e sua recusa em reconhecer a variedade dos povos e os diversos tipos de seres humanos, e entendê-los como se entende a beleza da existência" (Stephan Zweig).

"A idade costuma nos tornar espessos. Querem saber no que resultou a objetividade material e concreta de Sancho Pança? Tornou-se político no fim da vida..." (Leandro Karnal).

"Seria decepcionante, nesta hora litúrgica, se o país se ativesse aos aspectos mais irracionais da história de agora. O Brasil não é isso que está aí. Ele é sobretudo o que não se vê, mas se faz. Infelizmente, a corrupção e os oportunismos da política, as vulgaridades, têm mais visibilidade do que a obra e a vida dos intelectuais, dos artistas, dos poetas, dos cientistas e dos próprios trabalhadores" (José de Souza Martins).

"No Brasil, corromper se tornou modo de vida. Mas o que levou uma legião de políticos, servidores e empresários a se entregar à indecência escancarada?" (Jurandir Freire Costa).

"Assim falou, e suas palavras despertaram em todos a vontade de chorar..." (Homero).

"Foi preciso a destruição material e moral da Europa para que as histórias de Kafka passassem a ser prenúncios de um mundo sombrio, burocrático, totalitário, onde a liberdade individual é esmagada" (João Pereira Coutinho).

"Não sinto prazer algum em chorar após a ceia..." (Homero).

Durou só até o chá com torradas a voz de barítono russo. Duma hora para outra passei a tenor rouco e em seguida a um humilhante contralto. Estacionei no grunhido quando me asseguraram que eu recuperaria a voz, a antiga voz, apática e sem a grave ressonância do palco. Pior para Mussorgsky que, desafortunadamente, não contará comigo em Boris Godunov. Onde um substituto à altura?

Não sei quem é essa velha de aparência estúpida. O Einstein deveria escolher melhor as suas faxineiras.

Incomoda-me vê-la de frente. Não sou cabisbaixo e nem tenho o costume servil de espiar alguém de esguelha. Agora ela hesita diante da janela, prejudica-me a visão do arvoredo. Estou na poltrona do quarto e amasso os recortes no colo. Penso em espalhá-los no assoalho. Potes e vidros tilintam, ela enfileira remédios num cesto de vime. Feia. Gasta. Meio corcunda. Ridícula como uma sessão de *selfie*. Inútil como uma barata zonza. Desagradável como um crime hediondo. Aberrante como nariz de defunto. Cautelosa como desculpa de patife. De repente, examino-a com atenção homicida: é minha mulher.

Talvez o romantismo, essa doença lírica, seja mesmo um dom da intubação pleural. A vida, passo a passo, não deixa de ser um método infalível de apodrecimento. Que tipo de fraude hospitalar, ontem à noite, aqui neste quarto, extraiu de minha memória as visões dum tempo ilusório, angustiante, impondo o retorno duma inocência que sempre ultrapassou a minha capacidade de inventá-la? Que veneno me contaminou? Terei eu, dependendo do receituário, a vocação para o encanto sedutor da mentira?

Agora o contraste. Essa é a minha mulher. A pele outonal e seca. A resignação grisalha do rosto. Os olhos tão íntimos das rugas, das sardas e do batom escabroso. Uns berloques agitando-se pelo vestido. Santa criatura... A seu redor, nada lembra o pátio interno da faculdade de direito, o mastro da bandeira, a ventania traiçoeira de Santana Velha, vindo da serra para os bosques de eucaliptos da Vila Falcão, quando era possível rir e recordar o café da madrugada, e ela se debruçava sobre o parapeito do alpendre, lendo apostilas, ou intercalando notas, junto a uma das colunas de granito negro.

Os recortes farfalham no meu colo, causam a febre que me esfria, parecem crepitar e eu ouço os estalos duma fogueira remota e ao mesmo tempo próxima. Não me suporto. Fecho os olhos para criar uma escuridão que me guie. O negro, no lugar do apóstolo Jetro, me pergunta como estou, toma-me o pulso, confere as planilhas. Ele se afasta, simulando interesse num gráfico de linhas pontilhadas. Minha mulher digita no celular. Atormenta-me o esmalte roxo de suas unhas. Quero sair daqui. As mãos crispadas sobre os recortes, eu começo a grunhir com um esmero sádico...

...e a rosnar até que o fôlego oscile. A faxineira me oferece um copo de água. Jetro aparece e me leva para a cama. Ele ajeita as cobertas, limpa num guardanapo as lentes de meus óculos. A faxineira, de novo a reconheço, desdobra um recorte e eu bebo a água fria. Ainda que se concentre no celular, minha mulher recomenda com um gesto a leitura do recorte. Eu me acalmo enquanto aventais anônimos circulam pelo vestíbulo. *Um homem de barba me espia no corredor*. Aperto os olhos. Alguém afiança que devo receber alta na sexta-feira. Nem sei que dia é hoje. Não quero saber de nenhum recorte. Sinto na testa, na nuca e nos cabelos o dorso de mãos evangélicas, Jetro, naturalmente. Espero... Não sei o que espero... Desconfiado, entreabro os olhos. Ninguém no quarto. Posso ver através da vidraça o arvoredo do Morumbi. *Um homem de barba grisalha e óculos de aro de aço*. Numa franja da manta azulada, a meu alcance, o recorte. Conheço esse homem não sei de onde. Um velho de blusão preto. Amarroto o recorte. Desamasso-o sem pressa. O homem se parece comigo e com Malavolta Casadei, os oitenta anos engendram traições cínicas. Malavolta. Que uma lepra bíblica o consagre com as pústulas e os odores do sepulcro.

Acomodo os óculos.

"Andei publicando uns contos nos anos setenta e o meu estilo atraiu o interesse de Hélio Pólvora, ele também um contista, um crítico sério, aplicado até o fim da vida ao estudo da obra e da iconografia de Jorge Amado. Hélio gostou de meu texto, embora com uma restrição serena. Ele desaprovava a tendência, quase um vício do jovem autor em construir no cenário, escancaradamente, um palanque para a discussão de ideias. Não seria desejável, segundo o crítico, submeter a estética a esse risco, usurpando da literatura o comando das emoções mais espontâneas do homem. Exato. Eu amadureci. Amadureci para permanecer o mesmo. Continuo gostando de meus erros. Aos oitenta anos os erros se confundem muito com os bons costumes. Há erros com trânsito em julgado e outros que ainda admitem reexame. Seria errado reconhecer-se que não existe *nenhum* partido político no Brasil e sim trinta ou mais facções criminosas? Alguém duvida que a cobiça, na sua definição mais perversa, reduziu os políticos a serviçais de empreiteiras? Alguém discute que somos governados por uma gentalha reles, cúpida, cuja inteligência se esgota no cinismo e encontra justificativa em purgatórios fiscais? Onde está o erro? Em mim? Na minha avaliação? Ou no roubo continuado que suga as veias da economia, da paciência, da surpresa, do ódio, do estarrecimento do país? E invade a fronteira glandular de nossa repugnância? E escarnece de nossa derrota cotidiana? Estamos todos enredados nos limites da tolerância expandida. Enfim, não passo de ficcionista e quero explicar a natureza de minha vergonha. Eu deploro a anemia de meu talento que não inventou os crápulas de nossa história contemporânea. Estou arrasado. Que diabo de ficção tem sido a minha, inoperante, inerme, cega, incapaz de *criar* e identificar esses roedores antes que nos destruíssem? O que poderia ter sido ficção, num bloco íntegro, hoje se fragmenta em reportagem atônita... Soa por todos os cantos do país, alarmada, a sirena duma ambulância de vômitos..." (Paulo Vendramini).

Duvido que outro homem tenha experimentado mais do que eu a intimidade com a raiva fria. Sentado na cama, a manta azulada sobre a almofada às costas, tive um espasmo. Uma neblina pegajosa, saindo de mim e me envolvendo, me cegava. Ninguém percebeu. Ou eu estava só? Embora trêmulo, destruí metodicamente o artigo, as mãos artríticas, o ódio arfante, eu queria pulverizar aquelas palavras que brotavam tão fáceis, sepultá-las no esquecimento, isso me compensava de algum modo pelo desgosto de não tê-las imaginado e escrito. Inveja? Que fosse. Muitas vezes a inveja espalha as suas raízes no solo úmido da injustiça. Com a ferragem rascante, e o grito urbano da sirena, a *ambulância de vômitos* me ensurdecia. Rasguei. Rasguei.

Volto a mim. Estou só. Tenho sede. Não me importo com isso. *O homem de blusão preto parece hesitar na porta aberta. Decide afastar-se.* Cansadamente, de olhos fechados como se estivesse com sono, estendo o corpo e afofo um dos travesseiros. Confio na escuridão como guia. Continuo a tremer, mas uma tepidez me socorre com a cumplicidade do silêncio. Com o dorso da mão varro em cima da colcha os farelos da demagogia que Vendramini segregou em frases. Simplesmente frases. Uma leve repulsa, e eu me livro do papel picado. A ambulância desiste de me atormentar.

Chega. A história não precisa repetir-se para surgir de repente como farsa. Um dia, no momento exato, ela se desvenda e exibe a farsa de que sempre foi feita. Alcanço a bandeja com a mão firme e bebo o que parece ser um chá frio e suavemente amargo. Detesto os redatores do jornal acadêmico porque recusaram os meus textos. Não interessa o tempo; o ódio, quando perde o sentido, não passa dum hábito muito cômodo. E subsiste como farsa. Não quero abandonar essa farsa. Eu a provoco com um ranger de dentes.

Nunca precisei de emprego público. Por orgulho, ou por princípio, ou ambas as hipóteses, jamais me sujeitaria a um destino tão vil e mesquinho. Cumprir horário por um dinheiro periódico, sempre pouco, me induzia a comparações sórdidas como o banho de sol que se concede aos condenados. Ou o mero suborno que arrebata os vagabundos da pátria.

Mas em 1980, com a morte de meu pai e antes de assumir o escritório da família, resolvi atuar na vertente estatal do direito. Acumular experiência solidifica a conta bancária. Prestei concurso. Miguel Carlos Malavolta Casadei era um dos examinadores. Fui reprovado. Vergonhosamente rejeitado.

Malavolta... Que morra... E seja expulso da sepultura pelo motim de seus vermes.

Terça. Hoje é terça-feira, diz a servente da cozinha com um sorriso de alento, acomodando a bandeja no suporte e tentando *seduzir* uma fome que não tenho. Vou para casa na sexta. Há pacientes que se apavoram com o retorno a seus hábitos, desconfiam da saúde repentina, temem o desconforto e os azares da recaída. Não chego a tanto. Mas aborrece-me a indiferença da servente, que vai embora e deixa o almoço por conta da faxineira. Minha mulher destampa recipientes de inox. Um cheiro inocente circula a meu redor. Volto para casa. Para todas as casas onde morei. Mastigo alguma coisa. Nesse ponto nunca fui de luxo.

Depois disso, posso tomar um café ralo. Nada igual a café ralo para inibir lembranças e desejos. Mesmo sem sono, melhor dormir duma vez. Não para sempre. Dormir até sexta-feira. Um sono vazio, cinzento, de beato em paz com os seus pesadelos. Mas sou capaz de criar uma espécie de letargia e levá-la a sério, com o seu cortejo de visões inquietas. Basta cobrir o rosto com a manta azulada e resignar-me à tepidez do escuro. Sonhando ou não, ouço uma voz, tão perto de meu rosto, e vinda de tão longe, que me constrange... Talvez um poema... Uma ironia grave, muito remota, me invadindo com uma persuasão estranha...

No céu,
tragicamente no céu
e não nas portas do inferno,
Dante deveria ter escrito,
abandone, crente,
o inverno de toda a esperança
e entre.
Suba os degraus.
Aqui a inocência tem decote
e Dom Quixote cria pança.
O pecado rende juros, os mais impuros,
e o perdão depende sempre da aliança.

Afasto bruscamente do rosto o afago da manta.

No dia muito claro, insuspeito, o calor se impondo na vidraça, minha mulher sorri com leveza. Há um enigma no ar. Bem ao lado dela, o homem de blusão preto me examina com piedade eclesiástica, tão próximo de meu nariz que reconheço um cheiro de menta, ou flúor, ele deve ter escovado os dentes antes de recitar as preces de sua misericórdia cotidiana. Talvez me engane, mas arrepanho a colcha com as mãos crispadas. O instinto me faz pressentir uma encenação clerical, e Jetro já me abastece de abstrações. Conheço a minha mulher o suficiente para saber que os trejeitos de seu rosto, um monólogo ansioso e ridículo, ocultam sempre um significado que me convida a percorrer a memória, ainda que isso me irrite. Ela parece dizer, você não se lembra dele?

Minha memória não coleciona insignificâncias. Por

que ela se preocuparia com um velho que se parece comigo e com Malavolta? Apenas sei que *o homem de blusão preto* exibe uma barba grisalha e olhos de azeitona escura, cabelos brancos, atormentados e crespos. Lembro que três vezes ele hesitou em entrar no meu quarto, enquanto se entendia com enfermeiras e hoje com minha mulher. Não me escapou um ou outro gesto de seminarista que já não aguarda milagres e revelações, e se entrega ao desencanto consciente. A batina moral imprime os seus vergões para sempre. *Você não se lembra dele?*

Sou um fisionomista ardiloso. Raramente esqueço um rosto. Caso me esqueça, logo reencontro as feições perdidas — inexatas ou não — afastando o nevoeiro por um jato de luz que eu chamo de *memória errante*. A partir do esquecimento a lembrança fugidia se recompõe pelo ato autoritário de minha invenção. É a memória do que nunca existiu. O que seria de minha realidade se me negassem o direito de imaginá-la?

Não há nenhum segredo nisso, meu caro Watson. Basta não deixar pontas soltas pelo caminho. Admito com tristeza, mas sem revolta, nem sempre os deuses facilitam o roteiro. Procure raciocinar sem comprometer a lógica e os hábitos da cristandade. A inteligência, que pode ser também um método de ativação da astúcia, cuida de tudo, se você permitir. Minha mulher tem a sensatez estrita das faxineiras, logo a cintilação de seus olhos revela que o homem de blusão preto seria no mínimo um contemporâneo da faculdade. Nada como tirar o pó das recordações. Os cretinos se reconhecem com um sorriso frouxo. Que alegria supera a do reencontro sessenta e cinco anos depois?

Insisto em que você acompanhe os meus argumentos, Watson. Mesmo que o seu tirocínio seja precário. Embora o uso do latim não faça a boca mais sapiente, observe como sou parecido com o homem de blusão preto. A contragosto, somos velhos e nos resignamos a tanto... Com a barba incolor das estátuas e o seu olhar disperso, estamos condenados a uma semelhança que só o acaso decidiu, petrificando rugas e vincos por atalhos, becos, esquinas, porões, labirintos de sessenta e cinco anos, mais ou menos... Veja como *ficamos* parecidos, deslumbrado Watson. Mas a semelhança de hoje não garante que ela já existisse desde a juventude. Como saber?

Muito simples. É só convocar a argamassa cinzenta que alguns mortais, poucos, carregam no cérebro. Isso feito, agora com a lupa da argúcia em cima da carcaça idosa, da catarata ao reumatismo, da miopia ao arroto, da baba ao hálito macabro, remover passo a passo os acúmulos do tempo e refazer o retrato: atrair os ossos para os músculos magros: enegrecer os pelos: banir as manchas: passar a pele a ferro: confirmar os dentes: expulsar as artroses: preencher a braguilha com o volume e o contorno da dignidade: e de retoque em retoque ver ressurgir os originais traídos: enfim, devolver ao modelo a ambição e a inocência da vida. *Você não se lembra dele? Não o reconhece?*

Claro que eu reconheço o contemporâneo da faculdade. Ele usava uns óculos de John Lennon antes dos Beatles. Era interno do Seminário de Santo Antônio, de

Agudos, a quinze minutos de Santana Velha pela Rondon. Só não recordo o seu nome. Dispensava a batina para privilegiar um paletó de couro café e uma gravata de nó grosso. Espiava o rosto e o traseiro das mulheres com um encantamento contrito, talvez hipócrita, a sugerir os vícios tão frequentes nos diálogos com o confessor. Escondendo-se numa timidez oportuna, a mão alisando o queixo, era o único que encapava os códigos. Nunca trocamos uma palavra, mesmo no auditório medieval do mosteiro, em Agudos, onde num distante junho ouvi uma palestra de frei Apolônio sobre Camões. Aposto que era junho porque sabiás tocavam flauta-doce no pátio. Sempre gostei da hidrografia de Agudos. Suas fontes sustentavam as indústrias da cerveja e da água batismal. Surpreendido, Watson?

Submissa ao celular, minha mulher se desculpou com um gesto impreciso, quase doloroso na sua urgência, e se refugiou perto da vidraça, junto às prateleiras de esmalte branco, digitando obsessivamente. O que seria? A rigor, isso não interessava a ninguém. Nem mesmo a ela. O celular virou um interesse em si: uma obstinação enfática. Muito sério, mas também irônico, o contemporâneo de blusão preto alisou a barba, afundando o indicador e o polegar para reapossar-se do queixo amplo e da complacência. Demonstrava a firmeza de quem não transportava no bolso nenhum breviário eletrônico. Disse:

— Sou frei Eusébio.

— Veio me oferecer o conforto da crença?

— A crença não conforta. Só adia o contágio da lucidez.

Um estudo em branco e preto

— E a lucidez conforta?

— Não. Mas ajuda a que não se persiga o conforto vil e indigno.

— Isso significa que existe o conforto digno e sóbrio.

— Sim. Ele deriva do suor.

— Você poderia acrescentar, frei, que deriva também do sangue e das lágrimas.

— Poderia. Mas não disse. Deixei para que você dissesse. Fui cortês. Afinal, fomos colegas em Santana Velha.

— Contemporâneos. Já fez algum milagre, frei?

— Sou como Deus. Nunca faço milagres.

— Não é isso o que espalham os crentes.

— Há sabedoria em não se acreditar nos crentes.

O celular concede à minha mulher uma carta de alforria. Por pouco tempo, eu tenho certeza. Ela o enterra no bolso do casaco e se afasta da vidraça, ajustando o sorriso durante o percurso até a cama, onde arruma as cobertas com um carinho maquinal, ainda que eficiente. Ela se esmera nas interjeições de conveniência. Enquanto suporto isso, deduzo com a mágoa dos injustiçados que frei Eusébio não se lembrou de mim. Ele e minha mulher apenas conferiram os registros externos dum tempo que, embora comum, eliminara todos os rastros. Gosto de manter acesas as minhas mágoas, só para construir com elas, até me arrasar, um ressentimento duradouro. Tentação dos solitários, eu não resisto a estimular as dores que não sejam físicas. Vou às lágrimas. Não ao sangue.

O celular arrasta a faxineira para a vidraça, de onde se vê a agitação das árvores ao vento da tarde. Simulo

79

uma queixa que, no entanto, soa excessivamente aguda, quando eu a queria neutra:

— Você não se recorda...

— Nunca conversamos.

— Só a conversa merece memória?

— Bom. Um homicídio com emprego de explosivos e ocultação das vísceras impressiona por um tempo mais longo. Você fez isso?

— Ainda não. Ainda que esteja tentando.

— Boa sorte...

Hesitar é já se omitir, e embora frei Eusébio fosse rápido e acurado no diálogo, ele hesitou por uma fração de eternidade, dum modo que apenas um semelhante como eu (com o clamor das feridas obscuras) poderia perceber. Assim como existe o ato falho, há também a omissão falha. Mais um pouco e ele me trataria como qualquer daqueles invertebrados soberbos, mas decaídos, que se converteram em demônios. Ele pareceu sentir frio sob o blusão preto. Susteve o sorriso a meio caminho. Eu o provoquei:

— Boa sorte para quem?

— Que importa? O acaso não tem rumo. Ele dirige reto por estradas tortas, sem se preocupar com a velocidade ou o sinal de seta. Não há desastres. Há desarrumações que o tempo corrige.

— Mesmo com exposição de vísceras...

— Reflita... A história do homem não passa da estúpida alternância entre a exposição e a ocultação de suas vísceras, civilizadamente, quando possível.

Com o ar apaziguado dos ingênuos, ainda com o

celular na mão, minha mulher regressa. Agora com a companhia de Jetro. Atarefado, mas sempre obsequioso, ele cumpre com os deveres clínicos e manipula as ampolas da tarde. Na pequena bandeja, por um instante, os instrumentos tinem. Jetro prepara a seringa e calibra com presteza o êmbolo. Indolor. Minha mulher põe os óculos para ler uma página solta de caderno que o homem do blusão preto retira do bolso interno e lhe passa. A sonolência me invade com uma tenacidade branda. Também um calor vagaroso, quase traiçoeiro, insinua-se como uma nostalgia inesperada, dessas que vêm com o cheiro do café e do bolo de aipim com coco. Confesso ao frei:

— Tenho sono...

— Ótimo. O sono antecede o despertar.

— Menos o sono eterno...

— Mais um motivo para não desejarmos a eternidade.

— Não obstante, eu tenho sono... — o sorriso que o homem de blusão preto conteve, no começo da visita, me revelou outra lembrança agora muito nítida, ele era um dos seminaristas do coro, durante a palestra de frei Apolônio sobre Camões, no auditório medieval do mosteiro. Quero dizer isso a ele... Quero dizer... Quero dizer...

Já no crepúsculo, o arvoredo escuro através da vidraça, Jetro me ajudou com o banho, que se decidiu fosse noturno. Um vapor calmante.

Voltei para a poltrona. Minha mulher lia uma revista. Eu disse:

— Parece que o frei deixou uma página de caderno.

Respondeu:

— Sim. Deixou... — ela vasculhou a bolsa, esvaziou-a e encontrou esta bobagem, no meio de tubinhos, tampas soltas, agulhas, bastonetes, tesoura, cortador, alicate, óculos, agenda e recortes encrespados:

MONUMENTO AO PATIFE RECONHECIDO
Frei Eusébio do Amor Perfeito

Big Wolf.
Tenebroso. Conde Crápula.
Esquálido. Caveira. Professor.
Crânio de Acaju. Pescoço. Botafogo.
Cachoeira. Barbie. Zelador.

Cangaceiro. Filósofo. Guerrilheiro.
Gegê do Mangue. Índio. Luz Vermelha.
Favela. Nove-Dedos. Jô da Telha.
Aliado. Sombra. Sono. Beira-Mar.
Angorá. Amigo. Salvador.

Proximus. Danoso. Cachoeira.
Amigo. Alcoólico. Chicleteira.
Madruga. Moringa. Caranguejo.
Las Vegas. Chefe. Blefe. Bananeira.
Orelha. Sacudido. Pensador.

Paco da Pavuna.
Coronel. Cabeleira.
Campari. Occhio Storto. Predador.
Pio Lara. Espirro. Missivista.

Vampiro. Inocente. Delator.

Anão.
Patusca. Padroeira.
Tonta. Obtusa. Mamãe Grande.
Gordão. Babel. Pamonha. Kafta.
Contador.

Italiano.
Bolonha. Feia. Freira.
Decorativo. Brahma. Rosca. Feira.
Beiçola. Marcola. Fiador.
Carniceiros. Carniceiros.

Não tive o ímpeto de amarrotar ou picar em pedaços esse lixo. Li duas vezes e o joguei, sem dobrar a página, ao encontro de seu destino natural, um coletor de resíduos hospitalares. Para lá deviam ser encaminhados, sempre, os poemas gorados, os registros do óbvio e os ataques da insensatez humana por escrito.

Entrou uma enfermeira com dois copos: um seco e com seis comprimidos, brancos, rosados, amarelos, outro com água pela metade. Também nesse ponto nunca fui de luxo. Engoli os comprimidos dois a dois, sem escolher a cor e sem engasgos. Sobreveio em seguida um entorpecimento que não pude evitar.

Perder a consciência aos poucos... Deixar de reconhecer o sentido das coisas aos poucos... Ver o controle mudar de mão aos poucos... Que lição extrair do torpor

e de seu suor frio? Sou o perseguidor de mim mesmo...
Sou o meu inimigo íntimo... Começo a tremer muito... A
verdade, quando surge de chofre, faz delirar... Mas isso
passa logo... A verdade não resiste ao meu lento retorno
ao convívio e logo recupero, aos poucos, a perspicácia de
meu desprezo pelo mundo. Deixo de tremer.

Aviso que agora estou bem... Estou bem...

Não deploro que me persigam, fúrias.

O GATO

Um estudo em branco e preto

Sexta-feira... Daniel Defoe, meu amigo, hoje é sexta-feira e uma calota vermelha do semáforo, na Avenida Albert Einstein, impede por um momento que o carro cruze a esquina. Minha mulher dirige com perícia. Não vejo conveniência em matá-la no trânsito. Pode-se enxergar isso também pelo ângulo da tolerância, embora me ocorram péssimas reflexões enquanto o sinal não muda. No hospital, com os enfermeiros empurrando computadores sobre os rodízios do suporte, eu me inquietava. Mesmo de madrugada, quando os granitos silenciavam ao meu redor, eu caminhava sob a luz escassa, ida e volta, pelos cento e dez passos do corredor, incessante e agitadamente. Não devo me esquecer da última fisioterapeuta que reconheceu a minha neurose. Um tipo bem brasileiro, morena de cabelos crespos, olhos graúdos, chama-se Pandora e tem um sorriso inocente. Pandora. Se eu tivesse consultado a sua boceta,

87

Mafra Carbonieri

seria assédio? Luz amarela no semáforo. Tenho tempo de ver um solar. Dois leões, consagrados em pedra, ocupam os pilares do portão. O ferro negro reverbera diante da fatalidade do sol. Estátuas da mitologia grega, coisa de ricaço idiota, se expõem sem recato sobre o muro de heras. Reencontro Minerva e talvez Marte. O palacete, dum branco acetinado e cruel, exibe um alpendre sombrio, quase escondido por ciprestes. No jardim, um caramanchão de colunas jônicas ofende o que a estética possa ter de bom senso. Vejo ali Abraham Lincoln de pantufas, sentado numa cadeira de braços e experimentando um suco de uva. Ou seria Henry Fonda? Ou Daniel Day-Lewis? Uma negra de saia rodada espera com a bandeja nas mãos. O trânsito não me permite o registro de outros pormenores.

Paramos no South's Place para um almoço leve. Minha mulher não resistiu ao pintado na brasa, mas, ao celular, deixou que o peixe esfriasse. Eu não tinha nenhuma fome. Acabei me contentando com o arroz de forno e legumes frios: em porções mínimas. Depois, devagar, passando entre as mesas ruidosas da churrascaria, mais os garçons à gaúcha, de espeto, guaiaca, avental e calça bufante, voltamos ao pátio de estacionamento.

Eu pensava como era perturbador retomar de repente os meus domínios, em casa, após o *habeas-corpus* hospitalar. Eu ainda seria dono da minha solidão? Seria ainda o carcereiro de mim mesmo?

Já no abrigo, deixei pesadamente o carro enquanto a

88

santa criatura fechava o portão e tirava do banco traseiro uma bolsa, a maleta e a mochila. Meus movimentos, na rampa, mais do que cuidadosos, eram lerdos e senis. Emagreci muito. Ela abriu a porta da sala e, esbanjando os seus ímpetos, afoita e quase imprudente, empurrou em sentido contrário as folhas da janela, fazendo barulho como se quisesse despertar a casa ou espantar a minha letargia. Bem depressa, subiu a escada com a tralha do hospital. Desceu logo, e ao me ver na poltrona, foi buscar na geladeira a jarra do suco de laranja, sem açúcar. Ela me serviu, indisfarçavelmente, com um prazer conjugal. Essas atenções do direito civil me irritam.

Ela me beijou a testa. Contive, de olhos cerrados, a tentação de não matá-la. As debilidades de caráter acontecem quando menos se espera. Tomei o suco, lembrando o rosto introspectivo de Abraham Lincoln, na mansão branca. Preciso me restabelecer para um assassinato digno e honroso. Quero despertar no sepulcro a inveja de J.W. Booth.

Bom. Ela retorna à rotina suburbana de espalhar as notícias pela vizinhança ávida de recebê-las por passatempo. Caridosamente, mas sem consciência disso, a santa criatura me deixa só. Ao rever a casa eu me aproximo de mim. Afago as cortinas, os livros, converso com G. Rosa, "quem se evita, se convive", sou meu próprio refúgio, que me acolhe e repele. O traseiro de iça reaparece no brilho da madeira.

No quintal, entre o quiosque e o canteiro das taiobas de caule roxo, surge a onça parda.

Era o gato. Peludo, enorme, pardo, com estrias negras e brancas, ele farejou caprichosamente o lugar onde tropecei no machado, depois de esquartejar a minha mulher e arrastar os seus restos para o quintal. Tentei me aproximar, receptivo e sedutor, mas ele me ameaçou com um chiado selvagem. Um medo, não sei se remorso ou culpa, me imobilizou. Ele continuou farejando o chão, enquanto rosnava encolhendo e desencolhendo as unhas: talvez tivesse descoberto Kant perto do quiosque, desde que consegui observar certa racionalidade na sua aristocracia felina. Mantive distância de sua ferocidade escura. Ele seguiu o rastro de sangue e ossos estilhaçados até a soleira da porta telada, escancarada. Cauteloso, ele entrou na cozinha com o dorso em curva. Olhando para trás, me encarou demoradamente, como o faria uma consciência perplexa.

Prosseguiu farejando até chegar ao carpete vermelho da escada, onde eriçou os pelos e experimentou as garras. Era lindíssimo e me odiava. Num instante, pareceu indeciso, mas a hesitação durou pouco. Obedecendo a uma certeza do instinto, íntimo do absurdo, correu de graus acima e achou a cabeça da santa criatura no *hall*. Não demonstrou surpresa, nem mesmo curiosidade. Desceu a escada. Eu abri a porta para o alpendre, onde estava o carro.

O gato passou por mim, com lentidão majestosa. Já não parecia hostil, mas neutro, quase piedoso, e na piedade ele revelava o seu desdém. Andou até os pneus traseiros. Farejou os indícios do atropelamento. Fechando a porta atrás de mim, fui para a rampa. Ele tornou sobre os passos macios, outra vez perigoso, e deu uma volta, só uma, ao redor de minhas pernas. Depois desapareceu entre os canteiros do jardim. Lindíssimo, e não me tolerava. Não entendo.

Chove muito neste dezembro.

Minha mulher retomou o hábito dos recortes. No último dia de 2017 ela deixou junto à bandeja, com o suco de laranja, umas previsões de meu amigo François. Fazia tempo que eu não lia François:

"Neste ano, os cegos verão muito pouco, os surdos ouvirão mal, os mudos não dirão nada, os ricos passarão um pouco melhor do que os pobres, e os sãos, melhor do que os doentes. A velhice será incurável este ano, por causa dos anos passados. Os que tiverem diarreia irão muitas vezes à privada. Os catarros descerão, este ano, do cérebro aos membros inferiores. As doenças dos olhos farão muito mal à vista..."

(François Rabelais - Leila Perrone-Moisés)

Mafra Carbonieri

O ASSASSINO
NO ESPELHO

Um estudo em branco e preto

Hoje aconteceu isto. Eu penteava a barba defronte do espelho, no quarto, alisando serenamente os fios grisalhos e longos. A princípio não notei nada, ou não dei importância: a nobreza de meu rosto sempre me distrai. *Mas o reflexo não correspondia ao meu gesto. Minha imagem não penteava a barba.* Incrédulo e defensivo, eu me afastei, deixando cair o pente junto ao ferrolho da *bay window*, por onde entrava a manhã adulta. Lá fora, uns bem-te-vis soltavam a sua algazarra existencial. Eu raciocinava depressa, só com apreensões ou incertezas. No espelho, a imagem não se mexia, a não ser pelos olhos que brilhavam de sarcasmo e sedução.

Tentei apanhar o pente. O homem se antecipou com agilidade febril e penteou-se grosseiramente a partir da nuca e das têmporas... Eu começava a detestá-lo... Ainda mais quando me propôs:

95

Mafra Carbonieri

— Por trezentos mil dólares eu mato a sua mulher.
A imoralidade era inquietante: eu não tenho trezentos mil dólares.

— Eu sei que tem. E mais quarenta mil euros — ele se apertou entre as guarnições do espelho, encolhendo os ombros, e como quem passa por uma porta estreita, abaixou a cabeça e saiu, meticuloso e confiante. — Não me interesso pelas joias da família. Quando você pretende declarar essa quinquilharia ao Imposto de Renda?

Eu não tenho dinheiro.

— Tem. Atrás da *Encyclopaedia Britannica*, ao fundo, bem no canto esquerdo da biblioteca, você embutiu um cofre na parede, com escrituras, fotografias e bens fungíveis. Não percebo que outra utilidade teria a *Enciclopaedia Britannica* no seu escritório.

Eu não tenho nenhum cofre na biblioteca.

— Idiota. A *Encyclopaedia* só não tem poeira porque todo o dia você visita o seu sacrário, revê fotos antigas e afaga a sua fortuna.

Eu não tenho joias. Não tenho dinheiro.

— Tem machado. Tem veneno. Tem um carro do ano. Só não consegue matar a mulher. Por trezentos mil dólares eu mato a santa criatura.

A coragem começa pelo medo. O medo toma vulto a partir da náusea crítica. Embora eu fosse recuando até o *hall*, querendo fugir pela escada, a aparição me cercava, e rindo, ironizando a minha covardia, crescia contra mim. Tocava o meu corpo e isso me levava do desprezo ao nojo. Girando ao redor, me atordoava. Um peso me tolhia os braços e as pernas. Agora com o sol da vidraça

96

Um estudo em branco e preto

batendo em cheio no meu rosto, me cegando, como alcançar o corrimão? Quando a fadiga me subjugou por inteiro, percebi, com pavor, que eu e o homem do espelho éramos um só. Sem método, e sem êxito, eu lutava contra essa fusão repulsiva. Caberia a mim, e não a algum filósofo alemão, teorizar sobre a repugnância metafísica por si mesmo? Rolamos pela escada, aos gritos. Debatendo-me no carpete da sala, no piso romano da cozinha, ou nas pedras do quintal, procurando desvencilhar-me de mim, numa convulsão de pesadelo, eu já não era covarde, mas o medo ainda não segregara o suor de minha coragem.

Soltando uma trouxa no chão, minha mulher veio da lavanderia.

— O que aconteceu?

Abençoada esposa, diante dela eu me fiz homem e gladiador, o que aconteceu, na disputa derrubei a mesa de ferro onde estava a tralha da jardinagem, eu arfava em cima de meu corpo, o que aconteceu, nada me separava de mim, eu via nos meus olhos um ardor homicida, peguei o facão sujo de terra, um vaso explodiu em cacos e raízes, pare com isso, fomos amassando a relva do canteiro sem que espinhos e arestas nos abrandassem, *trezentos mil dólares*, o homem bufou no meu ouvido, ele pegou o facão sujo de terra e cravou-o no peito de minha mulher. O que aconteceu? Um velho facão de afofar a terra dos canteiros, imundo, cheio de ferrugem.

De joelhos, na mão uma arma ensanguentada, dou as costas para a velha senhora que jaz com cheiro de amaciante para roupas. A máquina de lavar rebate a finados. Mais do que os arranhões nos ombros e nos cotovelos, eu sinto o frio. O sangue da falecida alastra-se numa poça e me atinge os sapatos, as meias, intromete-se por dentro das calças e me aterroriza, uma onda de formigas vermelhas. Quero espantá-las, eu não me obedeço. O que aconteceu? O assassino do espelho me pôs o cabo do facão entre os dedos e sumiu no fundo da garagem. Não consigo falar. Continuo de joelhos e sem o socorro de minhas palavras. Tanto sangue, e ele me revolve as entranhas. Exatamente como os cães enterram o osso da sobrevivência, também as palavras sepultam o sentido da culpa, ou qualquer outro sentido, escavando os cantos escuros da memória. Terei um dia que exumar uma culpa que não tenho? Sou inocente. Eu, o justo, sou inocente deste sangue.

— Mataram a minha mulher... — eu recupero a voz pela consciência da viuvez e do desamparo. — Polícia. Polícia... — eu ainda posso me suster nas pernas e andar, embora tropeçando num chão que a cada passo me atraiçoa.

Desgrenhado, moralmente bêbado, na pele o arrepio da morte alheia, o sangue como rastro e mancha, fui abrindo portas até a rua, aos berros, e agitando o facão. Minha mulher está morta. Peguem o assassino. Eu não distinguia os vizinhos, ou desconhecidos que passavam na calçada, apenas vultos, mas entendia que se assustavam comigo, eu causava consternação e temor, alguém correu até a esquina e digitou o celular. Vou cair, pensei, e me encostei ao tronco duma tipuana, cuja resina vermelha me comoveu a ponto de chorar. Peguem o criminoso. Sou pelo primado da lei. Eu quero justiça. Vivemos num país que não garante a segurança de ninguém. Onde se enfiou a polícia? Está na hora de meus remédios.

Não me levem a mal, não me queixo, mas as mortes e ressurreições de minha esposa me cansam e me deixam com sono. A esta hora ela deve estar viva, desligando a máquina e estendendo panos no varal. Dará pela minha falta, o que você está fazendo na rua? Exausto, talvez pálido, esse tumulto ao redor, eu contemplo o facão hamletiano como se de meu punho tivesse brotado o crânio de Yorick.

Então, as sirenas me alvoroçam, viaturas freiam com espalhafato e a mais próxima de mim estaciona em cima da sarjeta. A autoridade me desarma com presteza e silêncio. O braço dum soldado se projeta pela manga curta, liso e negro, dobrando-me o pulso com força. Outro, devolvendo o revólver ao coldre, apanha o facão num lenço e guarda-o num envelope de plástico. Um círculo de fardas se fecha a minha volta. Sinto-me farejado e suspeito.

Ouço isto:

— O elemento não foi ferido com gravidade.

— E o sangue?

— Presumo que esse sangue não pertence ao elemento. Ninguém sangra pela sola do sapato.

Interrompo para anunciar oficialmente:

— Mataram a minha mulher.

— Não se antecipe ao laudo necroscópico do Instituto Médico-Legal.

Evito os soluços para impor a autoridade de minha velhice. Solenemente analiso o céu da manhã seca e nítida. Falo:

— Tenho idade para reconhecer a morte.

— Cidadão, não há morte sem que um laudo ateste o evento.

— A evidência declara a evidência na razão direta de nossos sentidos.

— Cidadão, nossos sentidos não são nada sem o apoio comprobatório da perícia.

— Queiram entrar... — eu apontei o portão de ferro.

— Não se espantem caso o cadáver tenha voltado a viver e a rir dos boletins de ocorrência.

Um de boina, outro de quepe, dois de casquete com barra quadriculada, todos com algemas e artefatos eletrônicos de comunicação, os policiais cumpriam o dever de me isolar da curiosidade incólume dos vizinhos. Entraram na casa. Fui mostrando o caminho. Um deles, o negro, cercou a giz uns respingos de cola vermelha nas lajotas do piso. Eu disse:

— Sangue.

— Supostamente... — observou o negro. Coágulos de sangue na cozinha, uma cadeira derrubada, minha mulher caída de costas junto ao canteiro das taiobas de caule roxo. Não me deixaram chegar perto. Cadavérica, ela não parecia bem. De péssimo gosto a laceração terrosa no peito. Teria esquecido a hora de meus remédios?

Cristovão Tezza, o romancista de *O filho eterno*, deu a uma de suas crônicas o título de *A gaiola do tempo*. Seu

100

filho Felipe, com síndrome de Down, não distingue os períodos abstratos do tempo: não sabe a diferença entre sábado e terça-feira, novembro ou julho, século ou década, convivendo muito bem *com o seu presente perpétuo*. Portanto, ele está fora da gaiola que nos constrange e sufoca, e ainda nos amedronta com a promessa de nossa conversão a ruínas. Cristovão acrescenta que sem os limites do tempo não pode existir a escrita, *que é a arte de produzir e congelar passados*.

Quanto a mim, ao ser preso, e isso foi absurdamente injusto, passei a viver o meu presente perpétuo. Fui obrigado a suportar o contato nauseabundo de policiais, psicólogos, juízes, advogados, médicos, políticos, filósofos, jornalistas, tarólogos e similares. Ninguém se dispunha a compreender a ressurreição cíclica de minha mulher. Vitimados pela idiotice do bom senso, imbecilizados pelos bons costumes, estúpidos, negavam-se a entender que eu a esquartejei, curei-a com veneno de rato e esmaguei os seus ossos sob o carro, um atropelamento lindo, feroz e eficaz. Não admitiam a ressurreição. Homens de pouca fé. Desconheciam que o fenômeno do retorno (eu me refiro aos que deixam o condomínio da morte) aconteceu outras vezes na história. Incrédulos. Indigentes. Insensatos.

Kant é testemunha. Rodrigo Bórgia também. Filhas e genros, essas criaturas do acaso insidioso, logo providenciaram a minha interdição e o comando de meu patrimônio. Sinto os passos da miséria próxima. Temo pela sabedoria que se oculta atrás da *Encyclopaedia Britannica*. A família não hesitará em usar dinamite para abrir o cofre e destruir, junto, toda a sala com a biblioteca. Meu drama justificaria uma minissérie para entreter cretinos. Eu não matei a minha mulher. Quem matou foi outro — o homem do espelho. Ele saiu do espelho para lutar comigo e ferir a santa criatura... Tinha alguma semelhança com o que aparento ser, falsamente frágil, a elegância que nasce duma negligência medida, a barba enigmática, o ímpeto inesperado. Só os parvos não aceitam isso por mais que eu explique. Ainda aguardo que a minha mulher, com as suas drágeas e recortes, volte do convívio com os falecidos.

Quando acordei numa cama de ferro, estava com o pulso direito algemado ao protetor. As paredes eram brancas, ainda que encardidas, e a luz do teto me desorientava. Logo me acostumei, estranhando a minha calma. Vi grades na janela por onde entrava o começo da noite. O vento zunia num bosque de pinheiros. Alguém abriu a porta de modo a que eu observasse um corredor soturno. Depois, fechou-a em silêncio. Pensei em gritar, porém um enfermeiro, que eu não tinha percebido, me libertou com a simpatia morna dos que exercem a caridade por profissão. A liberdade, mesmo que venha pelas manoplas da indiferença alheia, sempre influi favoravelmente. Embora parecesse, não era uma penitenciária: era uma clínica. Por que eu estaria numa clínica?

Penitenciária ou clínica, reclamo o meu direito a uma detenção especial... Além de velho, sou deficiente e advogado. Não devo me misturar à ralé dos que não exibem na parede um diploma. E mais, eu li Foucault. Porra. De repente eu me sinto personagem de Dostoievski. Faz frio apesar do suor quente na cama. A voz de Deus clama por mim no templo do bosque, entre uivos de fiéis e loucos. Um anel de grau, vermelho, brilha no meu dedo. Seria sangue? Uma traição da memória? A gentalha da cadeia, das inúmeras cadeias do mundo, inveja o meu diploma na parede. Onde está o meu anel? Ou a aliança? Ladrões...

Levantei sozinho, dispensando a ajuda atlética do enfermeiro, um loiro de pele bexigosa e músculos à mostra. Só de manhã fiquei sabendo o nome da clínica, Santa Mônica, não por causa da santa, mas por causa da avenida. Então lembrei que esteve internado aqui, até morrer, o cirurgião Luís Roberto Ferreira Matos, famoso por ter assassinado a mulher a facadas, e serrado o cadáver em cinco pedaços: ensacou-os depois em plástico negro e, sempre com um rancor voluptuoso, largou os pacotes na sarjeta, à espera dos lixeiros.

Isso não se faz.

Logo percebi que a porta era de ferro, alvacenta, com descascados de ferrugem e rangido nas dobradiças. Com a luz da noite, e um sono suspeito, eu não observara nada. O tempo me fez entender que estou na ala de psiquiatria experimental dum hospício de luxo, pelo menos para o padrão do país, sem nada a ver com o manicômio judiciário. A verdadeira diferença entre os homens fica no fundo dos bolsos. Aprendi de ouvido que aqui se estuda a *periculosidade assistida*, interessante isso. Somos os doentes que cometeram crimes. É inútil protestar. Há anestésicos contra o protesto.

Ingênuos... Pensam que me espionam... Pensam que sou transparente e reconhecível por seus olhos pardos... Logo eu, tantas vezes perseguido por fantasmas que ainda brotam de meu rastro, seria agora enganado por amadores de uniforme? Ou jaleco?

As celas são quartos (dizem). O eufemismo faz parte do tratamento e da cortesia crua. Os vidros são inquebráveis, que ninguém ouse o suicídio pelos cacos. Há uma varanda térrea, não prevista por criminalistas, com janelões e gradil de ferro. Proíbe-se muleta ou bengala, ou cadarços, não o trânsito de cadeiras de rodas ao longo das galerias. A vigilância é indolor, quase invisível, apesar dos guardas de olhar parado e fatídico. Só no recolhimento noturno as portas se trancam, com um estalido cavo. De dia, incentiva-se a convivência sob a convocação da TV na sala ao lado do refeitório. A luz da tarde penetra por ali, no verão, com um brilho nostálgico. Ouvi dizer que a sopa já vem da cozinha com salitre. Pode-se conversar com os médicos, se isso significa alguma coisa para os insanos.

Os arquivos e as três salas de consultório ficam num anexo à varanda, subindo-se degraus de mármore. Só se entra ali com um enfermeiro.

Nesta ala há homens, mulheres e o Eugênio, todos inativos, a não ser pelos surtos de Irineu Evangelista e Isabel Cândida Marques Assunção. Sexo de velho é *phoda*. Alguns, como eu, têm autorização para escrever. Mas só eu escrevo. Só eu possuo talento para tanto. Tenho esferográficas azuis, quatro cadernos de capa dura, um marcador de couro com ilhoses, um sabonete de coco por mês, papel higiênico, um pente de osso, uma escova de dentes e pasta. Um enfermeiro me apara a barba e os cabelos de dois em dois meses. Corta as unhas. Micose, caspa, crânio raspado ou piolhos, isso é coisa de morador de rua... Enquanto escrevo, e de alguma forma sou livre apesar das grades e de mim mesmo, o sol entra e preenche em silêncio a sua geometria.

Minha letra é daninha, crespa, talvez ilegível. Isso deve desafiar a paciência dos médicos que, se me decifrassem, saberiam de meu descaso por eles, pelo menos até agora... Percebo que cercam a única médica do grupo com inquietações melífluas. Exibem ao redor da jovem uma cultura de última hora, com mesuras e arrastar de cadeiras no refeitório, olhares de brilho dúbio, oferendas no gesto sorrateiro. Psiquiatras, sim, psiquiatras... Nem desconfiam que eu os analiso de longe e os condeno a seu purgatório oculto.

No corredor entre o refeitório e a cozinha há quatro estantes de aço. Encontrei alguns internos com quem convivo em paz: Tolstói, Erico, Ibsen, Hesse, Machado, Borges, Uris, Sheldon, Follet, Halley, West, Receitas de Dona Benta... Há uns restos da Coleção Saraiva. Preciso revisitar Orígenes, Vaz, Dickens...

É bom não ser insignificante. Ninguém me aborrece quando caminho no pátio, eu e minha sombra. O banheiro da cela tem porta. No vaso falta a tábua, mas a válvula funciona. Água fria em qualquer estação, primavera ou inverno, por um cano frouxo, quase obsceno. Ainda não vi nenhum rato, além dos metafóricos.

Às vezes esqueço o nome dos médicos. Sei que sou injusto e ingrato. Afinal, eles parecem ter lido Freud, ainda que em traduções precárias. E desejos... Ora, os desejos...

Os meus colegas são lamentáveis. Todos loucos de pedra e cal. Vergonhosamente loucos. Uns choram por hábito. Alguns se recusam a tomar banho. Quase todos ofendem os fisioterapeutas. A maioria permuta insultos com demônios imaginários. Um se masturba com doloroso insucesso atrás dum pilar da varanda, vigiando ao redor e convocando um gozo místico, cheio de rugas e consagrações estéreis. Outros não escondem o prazer de defecar no fraldão. Tentam evitar os remédios. Derrubam copos. Cospem comprimidos.

Eram piores antes da restrição ao telefone por uma portaria do diretor, Dr. Alfredo, com a aprovação de todos, o que incluía os familiares, tão incomodados com a lamúria de seus antepassados vivos. Tentava o diretor, por esse modo, conservar aquele resto de lucidez humana que pode subsistir até em Santa Mônica, a despeito dos internos.

Baixo e gordo, o Dr. Alfredo calçava meias pretas e parecia usar sempre o mesmo terno escuro. Gravata de nó fixo. Raramente apresentava-se de jaleco. Devia passar alguma goma para disciplinar, junto às orelhas, o que sobrara dos cabelos. Fazia a barba à navalha todas as manhãs para exibir sobre o colarinho a papada imóvel. Nariz quase adunco. Na boca o sarcasmo que ele não se preocupava em disfarçar. Movia-se com lentidão.

106

Seus gestos eram grisalhos e atentos.

Foi ele, o Dr. Alfredo, quem eu vi atrás da porta ao acordar algemado. Isso não me causou espanto, tal a fauna que tenho suportado. Esfreguei o pulso direito quando me livraram. Jamais consegui me libertar dos olhos enfermiços do diretor através das vidraças e cortinas súbitas. Era um doente mental, diagnostiquei. Nunca o encontrei na quadra de esportes ou na sala de convivência. Ocasionalmente, podia vê-lo andando devagar pelos corredores, onde logo desaparecia para deixar um rastro maléfico. O Dr. Alfredo dirigia o próprio carro: um Honda Civic LXR preto.

Os vigilantes nem precisariam do uniforme negro.

Nos olhos a vocação da desconfiança, nos músculos a tensão do alarme, nos coturnos o eco dos corredores, eles se movem como paquidermes de picadeiro, treinados para simular uma convivência que a natureza não recomenda. Pelas grades da janela vejo a garoa, a melancolia da garoa, e lá embaixo a quadra de esportes. Sob um guarda-sol vermelho, com franjas, acompanho os gestos do jardineiro Gabriel, mediano e robusto, com as costas em arco, inspecionando os canteiros e os vasos do galpão. As pragas não devem ter vida longa, ele costuma dizer entre uma tragada e outra da cigarrilha, nunca diante do diretor e outras figuras de respeito. Ruivo, abundantemente ruivo, de meias listradas e jaqueta de *nylon* azul, descorada e suja, ele arranca as pragas com tenacidade. Corpulento, porém ágil, fala sozinho e mastiga a sua saliva azeda.

Ouço uma gritaria passando atrás de minha porta. Só pode ser a Isabel Cândida Marques Assunção correndo nua. Sei que os vigilantes a perseguem com toalhas e a ressonância dos saltos contra o ladrilho. Eu vi de relance o sexo encanecido de Isabel Cândida Marques Assunção. Nada que motivasse algum retorno ao pensamento pecaminoso.

A clínica tem duas guaritas. Uma térrea, no portão para a Santa Mônica. Outra sobre o telhado do galpão, a que se chega por uma escada de cimento, em caracol. Não pretendo fugir. Aonde eu iria? Na frente da escada brotou uma goiabeira cuja copa foge para o telhado, sem alcançá-lo. Goiabas de má qualidade, brancas e escassas.

Pouco me importa o Natal. O regozijo dos outros me aborrece. Além disso, os estábulos cheiram pessimamente e as fraldas também. Como suportar a arrogância hierática dos Reis Magos e os pavores de Herodes? No primeiro Natal que passei aqui, o jardineiro Gabriel estendeu guirlandas no visor das guaritas e enfiou ramos de pinheiro entre as grades de cada janelão. Recusei todas as tortas de maçã. Ainda bem que o dia inteiro chuviscou. A chuva, embora leve e através da vidraça, sempre me representou um limite, uma espécie de fronteira onde minha solidão começava e me invadia, como um calor bom. Sei o que esperar da chuva, mesmo tempestuosa. Tenho confiança na chuva. Na humanidade não. Como confiar numa humanidade que inventou os substantivos abstratos e os verbos irregulares?

No refeitório, o silêncio dos loucos tende ao ridículo,

não ao perigoso. Ninguém se aproxima dos médicos de jaleco, na mesa de seis cadeiras com forro branco no respaldo, embora Isabel Cândida Marques Assunção os encare com alguma gula no olhar erradio. Ela nunca se despiu no refeitório, assegurou o jardineiro Gabriel ao meditar diante dum vaso de ráfia. Apesar disso, atentos, os médicos passam manteiga na psicanálise e não dispensam o café da manhã. Fazem a cirurgia do pão de trigo ou de milho. Dosam o café no leite, ou o contrário. Todos respeitam essa espécie de trégua, quando a imaginação e a dor dos alienados deixam de fermentar.

Hoje estão lá o Dr. Molina, alto e ossudo, o Dr. Raul Sales, sem cabelo, de cavanhaque preto e rugas incongruentes na testa, e a Dra. Ingrid Goldman, loura, tímida, os óculos de aro incolor, o sorriso muito leve e gestos de precisão sueca.

Gosto de ver na mesa dos fundos, juntos, afetuosos e de cabeça se tocando, Immanuel e Martinho, ou seja, Kant e Lutero tomando leite desnatado. Razão e fé...

Cícero José Escobar colecionava orelhas na década de oitenta. Matou nove homens em nove meses, entre velhos e jovens, cortou fora as orelhas desses infelizes, com facão de caça, e guardou-as entre rolos de gaze e sangue seco. De costas para Kant, bebe ruidosamente um café cogitativo e morno. Sem nariz, ou quase isso, alisa com o pente os fios dos cabelos, em qualquer lugar, mesmo na mesa. Muito alto e sem pescoço, tem orelhas de rato. O rosto impreciso, ele come agora uma broa de milho e a tritura meio de lado, esfarelando com prazer, como se saboreasse uma vingança justa. Eu me lembro de ter visto nos jornais a foto das orelhas.

Hoje o seu comparsa de mesa é Eugênio, um Balzac com semblante de açougueiro: o pescoço peludo e braços de estivador. Dentro do carro, num trecho da Anhanguera, matou o amante com um tiro no peito e carregou-o no colo, para um bosque. Despiu-o. Crucificou o cadáver num tronco rugoso de quaresmeira. Eugênio substituiu o açúcar pelo adoçante para não engordar.

Madalena Pires, oitenta anos, sessenta só de cadeira de rodas, veste-se de preto, de luto pela virgindade inútil. Não cometeu nenhum crime, mas foi vítima de todos. Prefere suco de melancia. A seu lado Iracema, apenas Iracema, silenciosa, talvez muda, magra, adunca, grisalha, feição de abutre, bica o leite numa xícara e traz ao colo uma boneca de louça, nua, que ri ou chora conforme a pressão nas costas.

Também em cadeira de rodas, só ossos na palidez da pele, a mudez eloquente, Jaime Belfort Castanho foi colocado atrás de Lutero, babando com incontinência e dor. Era locutor de rádio e TV. Hoje difunde espasmos.

E Irineu Evangelista. Melhor não tocar nesse Irineu, ou nos outros evangelistas.

Há um Freud em cada rosto de psicanalista, mas isso não se nota na Dra. Ingrid Goldman, assim, de malha azulada sobre os ombros e olhos suaves, deslizando em derredor. Ela se sentou ao meu lado, na varanda onde eu relia jornais velhos e revistas fora de circulação, livremente, agora sem que ninguém me importunasse com recortes e drágeas. O Irineu Evangelista, já com os suores em cada têmpora grisalha e os tremores da premonição, estava prestes a se masturbar atrás dum pilar. Ele farejava as divindades surdas da aragem. Deixei os jornais em cima de outra poltrona, enquanto a Dra. Ingrid Goldman me estendia um cartão de visitas. Olhei dos dois lados. "Valdir Mena Barroso. Investigador de Polícia..." Nada escrito no verso. Não escondi o meu desagrado com o cartão e com o Irineu Evangelista. Um vigilante raivoso, de uniforme ainda mais negro ante a claridade da manhã, levou-o de volta ao quarto. Eu perguntei:

— O que significa isto, doutora?

— Nada se o senhor não quiser.

— Prefiro o nada. É mais seguro.

— Eu jamais aconselho a segurança do nada.

— A senhora é médica e não paciente.

— Todos nós somos pacientes de alguma coisa... — ela puxou a poltrona para mais perto. — Esse investigador formou-se em direito o ano passado.

— Os magistrados que decretaram a minha insanidade diplomaram-se há mais tempo.

Ingrid. Era assim que eu a chamava mentalmente. Ou em voz inaudível... Não com intenções predatórias. A velhice não fez de mim um Irineu torpe. Ou um nostálgico dos sentidos ocultos. Eu a escolhi como uma de minhas netas, se é que eu tenha outras. Na verdade, eu não precisava mover os lábios para pronunciar o seu nome, mesmo com a porta fechada de meu quarto. Às vezes eu escancarava a porta para que todo o manicômio entrasse com o seu grito sufocado. Minha lucidez me apavora... Ingrid me traz de volta à convivência possível com os humanos, uma espécie a que eu devo ter pertencido em algum momento.

Ela recuou um pouco para que eu nada perdesse de sua insistência facial. Tirou os óculos e fechou-os em cima da banqueta. Receitou:

— Deixe a sua insanidade nesta clínica.

— A insanidade é coisa que se deixe em algum lugar?

Ela ensaiou o riso, mas o susteve a tempo. Disse:

— Não seja tão literal.

— Ser literal já é uma prova de sanidade.

— Permita aos médicos da Santa Mônica que decidam sobre a lógica de sua perspicácia... Nesse ponto o senhor não tem escolha.

Simulei um desalento.

— Como devo me comportar? Estou surpreso com os médicos que reconhecem em mim alguma lógica.

— Não se comporte... Fale com o Valdir. Nunca perca a oportunidade de expor com nitidez a sua lógica, mesmo que ela divirja do senso comum, num consultório ou num tribunal, perante um filósofo ou diante dum investigador de polícia. Seja um interrogatório, uma confissão, uma entrevista, um encontro, uma conversa. Com ou sem holofotes no rosto... Fale sempre... Não interessa o atrito com a lógica vigente. Fale alto... Convicção nada mais é que timbre.

Enquanto eu analisava a natureza de meu silêncio, se condescendente ou ilógico, revirei nos dedos o cartão. "Valdir Mena Barroso. Investigador de Polícia..." Estava bem viva na minha memória, e no meu ódio, a indiferença torturante das autoridades. Mas que sacrifício não se faz pelos netos?

112

Um estudo em branco e preto

F iquei sozinho na varanda. Claro que nunca levo em conta a companhia das cadeiras de rodas e seus ocupantes. Não significam nada. Entretanto, essas rodas me devolveram, de repente, a lembrança dum pesadelo que tive ainda no Einstein. Como foi possível ter esquecido o horror que ele imprimiu em minha memória? Onde se esconde a memória perdida que, como um relâmpago, reaparece numa iluminação inesperada?

Observo pelo gradil que o Dr. Alfredo estaciona no abrigo o seu Civic preto, discretamente funerário. Sai de terno amassado, paletó de três botões, largo e gordo, recolhe da testa um suor precioso, talvez Jung liquefeito. Amarrota o lenço com ira e o devolve ao bolso, com o chaveiro.

No sonho eu guiava o meu carro pela Bandeirantes. Não sei o motivo, nem o sonho exige isso, a máquina

115

passou a se insurgir contra o meu comando e acelerou, atingindo por si uma velocidade espantosa. Eu voava acima dos outros carros. Um precipício se abria em cada lado da estrada, com os seus bosques, um cata-vento, cercas, telhados. Um abismo negro me atraía para frente — boca de hálito noturno que me tragava. Uma covardia estranha, desconhecida, então disparou pelas minhas veias, me arrepiando. Nada funcionava no painel, na alavanca, nos alarmes, ou nos freios. Onde estava a minha inteligência que não reconhecia logo o absurdo?

Era madrugada. Nenhuma piedade. Eu sentia frio e calor ao mesmo tempo.

As horas violavam lentamente o silêncio do hospital. Acordei com a consciência abrupta do perigo e tive medo de dormir de novo. Como suportar o reencontro com o sepulcro? A cama, com os seus lençóis suados, me causava alguma coisa muito próxima da repugnância. O pavor me fazia impaciente e ingrato. Nesse ponto de minha biografia começou o extenso capítulo de minha insônia. Hoje eu a controlo com um remédio cujo gosto sugere limão podre.

Acompanho através da vidraça Gabriel, o jardineiro, rastelando o gramado. Um vulto aparece na vidraça, Cícero das orelhas se move atrás de mim, bem perto de minha nuca. Reajo como se uma barata tivesse pousado ali as suas patas. Porém é Balzac, vindo da copa, quem se acomoda pesadamente ao meu lado, constrangendo a poltrona e fazendo-a tremer. Peludo e esquivo, ele tenta iniciar um assunto que me desgosta:

— Você não sente a ausência de seus mortos?

Jamais procuro o escárnio. Mas frequentemente ele me procura e acha. Respondi:

— Não me avisaram que eles morreram.

Ingrid me alertou de que gravaria a entrevista no seu celular. Por que me opor? Nunca me importei com qualquer gravação, essa memória fiel e portátil, que não distingue entre a verdade e o seu formato literal. Não fiz nenhum comentário. O encontro seria às três da tarde, no meu quarto, para evitar as inconveniências da curiosidade ou dos ruídos. A maioria dos loucos dorme depois do almoço. Mas os insones importunam o suficiente. A porta ficaria aberta, não obstante o visor de vidro grosso; assim a conversa não seria perturbada pela vigilância fardada.

"Já passava das cinco horas. Para chegar a tempo e sobretudo para não ir com seus cavalos que eram conhecidos, Vronski saltou para a carruagem de aluguel de Iachvin e deu ordem ao cocheiro para se despachar..."

Eu relia Leão Tolstói quando o investigador chegou no horário, Ana Karênina, ocupando os batentes da porta, era corpulento e sólido, Ingrid logo atrás, eu ainda estava na velha e áspera Rússia do século XIX, assim como o escritor não é quem escreve, mas quem reescreve, eu, um leitor autêntico, releio. Já passava de três horas. Fechei o livro sobre o cartão de visitas de Valdir Mena Barroso. Ele cedeu o espaço a Ingrid. Era alto e muito forte, severo, apesar do rosto cândido e quase seráfico. Cabelos lisos, castanhos, escassos, penteados. Trazia a tiracolo uma bolsa de couro esfolado. Calça *jeans*. A jaqueta encobria um abdome recurvo, testemunha dos longos plantões na companhia de hambúrgueres e cerveja. Visivelmente, estava armado. Não desaprovei. A arma é a terceira mão do policial. O cinturão preto, que apareceu de repente, inoportuno e militar, ostentava uma fivela de marfim com uma caveira e duas tíbias cruzadas. Ironia? Adesão? Hábito?

— Boa tarde — ele disse com a polidez estrita de quem apenas observa a velhice dos outros, sem ter muita coisa a ver com isso. — Obrigado... — sua timidez tinha reticências.

Antes que eu me erguesse da cadeira, por princípio, Ingrid me impediu com um gesto. Disse:

— Lembre-se. Não se comporte...

— E se o investigador me prender em flagrante?

— Não estou em diligência — Mena Barroso colocou a bolsa na cama, abriu-a e tirou de lá um gravador digital Zoom H6. — Hoje, com a sua permissão, eu faço uma investigação de outro tipo, mais funda e visceral.

Ingrid interveio:

— Não repare. O Valdir herdou o estilo brusco do pai, meu professor na faculdade, o Mena Barroso Neto, deseducado e doce. Uma família de médicos por tradição. Este saiu para o direito e ganha experiência na polícia... Acho que por pouco tempo.

— Nelson Hungria também começou na polícia... — eu recordei para mim mesmo, entretanto Valdir Mena Barroso me surpreendeu:

— Eu li Nelson Hungria — e ligou o Zoom H6.

Ingrid pousou o celular sobre Tolstói. Meu quarto,

118

como todos deste hospício, tem uma escrivaninha de monge, de copista da Idade Média, e a cadeira onde estou sentado sem nenhum conforto, com o pensamento em pé. Ao lado da janela range a poltrona com a almofada marrom, de Santa Mônica, onde Ingrid acaba de unir os joelhos por pudicícia sueca. E a cama, óbvio. Em ângulo reto com a parede, uma porta sem fechadura leva ao exíguo banheiro. A ducha molha o vaso, fria e inapelável, a horas certas. Há um guarda-roupa de pinho, sem espelho, entre a janela e a porta do banheiro. *Eu li, eu li, eu li Nelson Hungria...* Essa frase repercutia em minha cabeça.

Detesto surpresas. Kant, passeando pelo corredor, me espiou com remoto interesse. O imprevisto sempre me pareceu uma traição. A leitura de Hungria por quem exibe uma caveira no umbigo não deixa de ser um acinte. Eu não queria acreditar nisso. Imaginava a jovem Ingrid na casa do médico, o suave e rude professor, e ela agora cruza as pernas na poltrona, sem as meias da compostura nórdica. Ciúme? Que seja... Pelo menos hoje, a inocência de Ingrid me decepciona. Já as contradições de Valdir Mena Barroso, brusco e tímido, são uma injúria que não posso perder de vista.

Gabriel, o jardineiro, anda pelo corredor e me encara como se enfrentasse o vazio da existência. Raivosamente ruivo, sujo de terra e cheirando a esterco, me comunica:

— Não acredito em ovelha negra... Nem em orquídea negra...

Valdir Mena Barroso diz:

— Vamos começar?

— Vamos. Seja o que o acaso quiser.

O que o acaso quiser...

Eu sempre achei a prova criminal, mais do que qualquer outro fato da vida, um rastro singular do acaso. Li todos os seus interrogatórios, no inquérito, no processo, nos incidentes... Nenhuma hesitação... Nenhum desvio da lógica que se repete, consciente de si mesma e de todas as circunstâncias. O senhor mantém a fidelidade a um acaso obscuro: a presença de outro homem, e este seria o autor do crime. Entretanto, ninguém mais viu esse homem, seus vizinhos, ou os policiais da primeira hora. As diligências levaram a uma convicção diferente. Os rastros são seus e não dele: as impressões digitais no facão de jardinagem, as pegadas dum único par de sapatos masculinos. O senhor passou pelo cuidado e pela argúcia de dois médicos do IML, no mesmo dia da morte de sua mulher. Estudei a perícia, vi as fotos e os gráficos... Nada que revelasse um ferimento, uma escoriação, uma equimose, um vergão, qualquer sinal duma luta corpo a corpo. Dois médicos atestaram isso.

Um médico também concluiu que um menino muito debilitado, de nome Jean-Marie, não completaria os anos de sua infância. Pois chegou à velhice com o nome de Voltaire, apesar da polícia. Mas, por que lembrar Voltaire se os cretinos que me prenderam em flagrante nunca souberam de quem se tratava? Vagabundos... Forjaram um *reconhecimento* e esse subterfúgio da verdade foi canonizado durante todo o processo por burocratas da justiça.

Desenvolva o tema sem recorrer a Voltaire como testemunha. Detenha-se no reconhecimento. Ele foi falso? Equivocado? Armado para gerar um fim ilícito?

Antes quero saber qual seria o seu interesse jurídico num interrogatório como este.

Nenhum interesse jurídico. Isto nem mesmo é um interrogatório. É uma conversa livre sobre um processo já encerrado. Eu investigo os limites presumíveis de sua lógica para uma tese pessoal, que tem a ver com direito, mas não de modo específico com o seu caso. O que estaria errado no reconhecimento?

Valdir... Você fala em *limites presumíveis de minha lógica*. Será que a lógica tem limites? Será que a sua repetição lhe causa algum desgaste de estrutura? E, trincada, mostraria o seu absurdo? Um assunto irrelevante. Ou não? Você julga que pelas trincas vazaria a minha culpa?

Vamos fixar a nossa atenção para o reconhecimento. Talvez você não saiba que após a ressurreição Cristo não foi reconhecido por Madalena, apesar da coroa de espinhos e da intimidade das chagas, tão recentes. Seu fantasma, ou algo que se assemelhasse a isso, também não foi reconhecido por dois de seus discípulos, que oravam numa estrada deserta. E eu nem estou recorrendo ao testemunho de Tomé. Talvez esse exemplo sirva para relativizar os efeitos do reconhecimento.

Mantenho sem fraturas a fidelidade à minha lógica. Nenhuma culpa a impulsiona por dentro.

Eu desconhecia as oscilações no reconhecimento de Cristo. Minhas tias, nos velhos tempos de Valparaíso, com cadeiras e almofadas na calçada, costumavam incluir na conversa, "cara de Madalena arrependida..." Seria essa a culpa de Madalena? Talvez exista aí um fiapo de pesquisa histórica. Sem interesse no momento. O arrependimento é a culpa fluindo.

No meu caso seria um arrependimento ineficaz. Você poderia, tinha até o dever de insinuar, não seria a consciência dessa ineficácia a causa secreta de minha teimosia em manter uma versão supostamente irreal?

Não insinuo. Pensei na hipótese.

Se não há arrependimento, não importa discutir a sua eficácia ou ineficácia. Discuto a arrogância dos magistrados em não admitir uma fronteira difusa entre realidade e irrealidade, como se a vida não passasse dum árido processo criminal, cujo meio fosse a busca, e o destino a *certeza* absoluta.

Mas a sua certeza é absoluta.
Absoluta na exata proporção em que contradiz a prova. Qual a razão da amargura? A amargura tempera, mas não fortalece nenhum argumento.

Sem amargura... Sem amargura... É que o direito penal me induz a alguma nostalgia, nada mais... Seja caridoso com os velhos criminalistas...

Valdir Mena Barroso... Você ainda está em tempo de aprender alguma coisa sobre o absoluto... Claro que minha certeza é absoluta... Tudo é absoluto em si, um objeto ou um homem, uma verdade ou o seu oposto, uma ferida ou a sua cura... Se não as relações não teriam um eixo para girar... Um promotor, desses viciados em senso comum, teve o desplante de me perguntar se a imagem no espelho do quarto não seria a dum homem atrás de mim, que teria entrado por uma das *bay-windows*. A estupidez dos outros sempre me cala. Que direito têm os inquisidores de fazer suposições?

Abandonemos essa controvérsia, pelo menos por enquanto. Ela me parece estéril. Vamos municiar a nossa nostalgia recíproca. O direito penal sempre foi a minha paixão declarada. O esquartejamento seria uma tentativa? O envenenamento? O atropelamento? Lembre-se de que não deixaram nenhum vestígio.

O manejo do machado me fez doer os ombros e as

costas por dois dias. Sei. Não se cogitou disso na perícia que aconteceu muito tempo depois e por outro motivo. Não tenho dúvida: foi tentativa: nos três casos.

Porém não houve começo de execução no mundo físico. Sem esse passo inicial no percurso para o crime, não se pode falar em tentativa. Lamento dizer, mas o machado foi abstrato, o veneno inútil e o atropelamento onírico.

Valdir... Você fala como um professor insípido que memorizou a lição e está com a cabeça no feriado prolongado. Esqueceu a teoria do *dolo geral*?

Não. Mas não percebo a sua aplicação aqui.

O caso clássico põe no caminho, para não dizer *iter*, o homem que quer matar a mulher por afogamento e joga-a num rio tumultuoso. Mas a vítima encontra a morte por outro motivo não cogitado: não por afogamento e sim por fratura do crânio ante o choque com uma rocha da margem. Portanto, no trânsito do dolo ocorreu um acidente, um desvio da previsão. Alguns especuladores com tempo disponível enxergam nisso um homicídio apenas tentado — em concurso com um homicídio culposo (imprudência), mais leve.

O absurdo sempre eriça os pelos.

Assim é que a teoria do dolo geral devolve aos pelos

Um estudo em branco e preto

a sua calma. O homicida quis o crime e o obteve, ainda que de outro modo, por expansão do dolo.

Vou interromper. Por que tanta insistência em ser punido quando os juízes não levaram em conta nenhuma tentativa?

Simples. Porque eu tenho o direito de ser punido pelo que fiz... Não pelo que não fiz... Eu não matei a minha mulher com aquele maldito facão sem gume, enferrujado, dilacerante, sujo... Eu não fiz isso... Eu não fiz isso...

Mafra Carbonieri

A SEGUNDA ENTREVISTA

Um estudo em branco e preto

Nem na clínica, onde tento domar os meus demônios e entender a justiça dos homens, Malavolta me deixa em paz. Já tomei o café. Agora na varanda, lendo revistas velhas, sem capa, desbeiçadas, leio uns trechos do que parece ser um diário. Que coincidência infame... Malavolta também sofreu no ano passado uma internação hospitalar, não me interessa a causa, e retornou angustiado ao abismo da página em branco. Isso me diverte e me consola. Suponho um infarto do miocárdio com safena, mamária e *stents*. Ou câncer. Deus até existe de vez em quando. Cruzo as pernas. Limpo os óculos. Ajeito a almofada.

No refeitório, atrás de mim, um arrastar pesado de cadeira me distrai. De jaleco, o Dr. Alfredo ocupa a cabeceira da mesa, juntando-se à Ingrid e aos outros médicos. Sinto um desgosto perigoso quando percebo o transtorno do ossudo Dr. Molina, ou os tremores do ca-

129

vanhaque preto do Dr. Sales, ou a impassibilidade falsa do Dr. Alfredo, diante de Ingrid. Hoje um psiquiatra grisalho, Dr. Gregório, cheio de mesuras e ondas na cabeleira, serve-lhe o chá num bule inseguro. Ela finge não ver a radiação de sua presença nos outros. Aborrece-me encontrar em Ingrid a dissimulação de sua espécie. Dando as costas a essa ausência de decoro, eu me detenho em Malavolta: "Alterei hoje o meu testamento. Meus herdeiros, um ou outro, ou todos ficarão insatisfeitos. Essa é a vocação dos herdeiros: ranger os dentes na missa do sétimo dia." "Não tenho o que confessar. Mas o que me perturba é não ter ninguém para ouvir a minha confissão, caso eu tivesse o que confessar."

"Hoje estou triste... Sei e não sei o motivo. Crio uma solidão dentro de mim que me protege dos outros, não de mim mesmo. Já terei superado as tantas traições de minha saúde? Quem pode saber? Olho para trás... Quantos mortos no meu caminho... Sinto a falta de todos, em maior ou menor grau, o que inclui o grau insuportável. Escrevo para ter vergonha de meu choro. Mas que faço com a minha vergonha? Escondo-a sob a máscara do que não fiz e deveria ter feito? Muita gente merece o meu desprezo. Mas, a esta altura, o meu desprezo não vale nada. Estou triste, e isso também nada significa."

"Escrevendo, melhorei um pouco o meu estado de ânimo. Mas não se pode escrever sem interrupção ou descanso. Vou caminhar. Essa friagem de janeiro, esse verão oculto, essa amargura do tempo, tudo isso me abala. Estou caminhando. O vento me acompanha."

"Estou com sono. A imobilidade me entorpece. Eu preciso conversar. Que saudade duma praia. O sol na areia. O mar na areia. Meus pés afundando sem trair os passos. Nunca mais, Poe, nunca mais. Saudade é não poder repetir..."

Há poetas que disfarçam a mediocridade recorrendo a Poe. No entanto, fazendo-se abstração dessa verdade, outra verdade emerge no mangue onde Malavolta se afunda, sem a esperança a que todos os náufragos — mesmo os poetas — têm direito. O texto do diário, ainda que lamentoso, sugere piedade e entendimento humano. Nada como os oitenta e cinco anos para vergar e partir a espinha dos arrogantes.

Malavolta, eu compreendo isso, tenha certeza.

Não rasgo a revista porque esse dano não importaria a ninguém, só aos vigilantes, esses boçais que não raciocinam além do óbvio visível.

Viver é correr o risco da irrelevância, a cada instante. O que são os bons sentimentos senão o pior das irrelevâncias? Malavolta, se eu fosse capaz de cometer um testamento como você, com memórias íntimas visando a posteridade, apenas deixaria escrito: "Não transmito dívidas, a não ser os gastos com a minha cremação."

Seu diário me despertou os bons sentimentos que não devem ser sufocados, Malavolta. Que um carcinoma dos mais malignos corroa os seus ossos em vida.

Voltei ao quarto. Tive tempo de ver Gabriel falando com um vaso de suculentas no parapeito da janela. Já não me irrito com Gabriel. Bati o trinco da porta e fui ao banheiro. Dei a descarga, um costume a que me apego. Nem todos são fiéis aos bons hábitos em Santa Mônica. Para saber, basta mitigar as urgências no sanitário coletivo, o dos fundos. Ainda escovava os dentes quando Ingrid entrou, pedindo licença. Cuspi na pia as minhas indecisões, com a última espuma, e saí com um sorriso límpido. Ela manteve a porta aberta. O seu olhar estava escurecido por uma severidade incomum, apesar da tarde que varava o gradil pela vidraça fosca. Lamentei ter escovado os dentes. Alguma coisa acontecera.

Fiz um silêncio indagativo. Ela disse:

— O diretor não gostou da entrevista e proibiu outras, ou pelo menos *não recomendou* que se repetisse a experiência. Os colegas escolheram o conforto da abstenção... Ainda não substituíram o divã e a análise dos sonhos.

Eu ocupei a minha cadeira de conceder entrevistas. Movi os ombros.

— Seria isso tão importante para você?

— Mais para o paciente. E se ele fala com o comando de si mesmo, sem dispersão mental, com lógica, os resultados interessam à medicina. Claro que fiquei decepcionada.

Abaixei a cabeça ao peso duma ideia repentina, de relance, de duvidosa seriedade. Perguntei:

— O que obriga você a sujeitar-se ao controle do Dr. Alfredo e à negligência de seus colegas?

Ela sentou-se sobre o cobertor dobrado da cama e olhou o soalho.

Um estudo em branco e preto

— A clínica tem uma ética e o diretor a exige. Ele não quer pôr à prova a serenidade do interno. Nada de riscos. Mas eu não vejo nenhum risco... Ao contrário, acho que as emoções libertadas pela linguagem são muito menos severas do que as represadas pelo silêncio. Bom. Eu era mais sério do que supunha. Disse:

— A ética se destina a todos, também aos pacientes... Ninguém falou comigo se eu queria ou não que as entrevistas continuassem.

— A sua autonomia é mínima.

— Talvez seja o que baste.

Ingrid riu sem tirar os óculos.

— Está me autorizando a continuar?

— Estou.

— Não tenho a vocação de revolucionária.

— Nada melhor que as circunstâncias para acordar do sono a vocação hesitante. Além disso, eu não sou propriedade da clínica.

Ingrid ergueu-se, desenrugou a saia, acertou a haste dos óculos e prometeu uma reflexão. Valdir Mena Barroso não poderia mais ultrapassar os portões de Santa Mônica sem ser interpelado pelos homens de uniforme preto. Nada de Zoom H6. Porém, para que serve um inocente celular de médica em cima da tragédia de Leão Tolstói? Em horário de visita? Ela se voltou na porta, espiou o corredor e apertou nos lábios uma cumplicidade de neta.

Durante a noite, depois da canja suspeita, de galo já idoso, enquanto os loucos se instruíam com a televisão na sala de convivência, Ingrid me informou sobre a exis-

133

tência de Frederick Crews e suas oitocentas páginas de imputação contra Freud, acusando-o de egoísmo, preconceito, bissexualidade, fraude, traição, frieza, presunção, venalidade, charlatanismo, pedofilia e infidelidade, enfim, um inconsciente... Foi a minha vez de rir. Sempre me diverte a intelectualidade estéril. Frisei, como antigo advogado, que razões de oitocentas páginas têm mais página do que razão. A verdade resume.

— De acordo — ela fez um trejeito que me fez esquecer de Freud, mas não do Dr. Alfredo que vindo do corredor, num passo ruidoso, saiu pelo arco do estacionamento. Eu disse:

— O diretor não cumprimenta ninguém.

— Ele economiza a linguagem. Se existe alguma coisa que deva despencar como cachoeira é a linguagem. Todos nós somos o que falamos... Logo ele, um freudiano, me impede de testar o método nesta clínica.

— Por acaso, o Dr. Alfredo leu Crews?

— Creio que ainda não. Mas essas acusações, além de não comprometer as descobertas de Freud, vêm de longe. Ele era um narcisista.

— Talvez o diretor seja também um narcisista, apesar de gordo e obscuro.

— Sim... Obscuro... — Ingrid curvou o indicador da mão direita e levou-o aos lábios. Por um longo tempo, deixou que as reticências perdurassem.

— Então?

Ela disse:

— De acordo. Vamos continuar sem o Valdir.

No sábado à tarde, quando o Dr. Alfredo lia uma de

suas enfadonhas conferências em Campinas, claro que com a voz monocórdica e aguda de sempre, para uma plateia zonza, eu sentia prazer com um texto de Malavolta, no quarto:

"Estou sem fome. Ninguém se alimenta de nostalgia ou depressão. Às oito horas em ponto vou esquentar a canja da Bella Klabin, com fome ou não... Vejo no espelho um velhote magro e inútil. Agora vou ao escritório. Ameaça chover. Quem sabe a melancolia se converta em palavras... Quem sabe a chuva me acene da vidraça..."

Sim, mestre do óbvio petulante.

Desejo a você uma velhice plena, com a recordação de seus pecados, desacertos, ilusões, ambições injustas e o seu orgulho, o imenso orgulho que você exibia com os cabelos despenteados, hoje brancos e falhos.

Ingrid entrou com naturalidade, abotoando o jaleco. Fechei a revista.

O Valdir se preocupa muito com os fatos.

Deve ser vício de investigador de polícia. Hoje não vamos relembrar o seu processo, ele pode ser revisto, sabe-se lá. A justiça tarda, menos quando vem de farda... Hoje, portanto, nada de esquartejamento, atropelamento, veneno de rato, ou coisa assemelhada. Duma forma ou de outra, tudo isso aconteceu e já se resolveu por si. Nada de fatos. Vamos conversar e trocar opiniões. Eu acredito mais na versão do que nos fatos. Iniciemos com Isabel Cândida, a que às vezes corre nua pela clínica...

Como o senhor analisaria esse comportamento?

Querida. Você sugere que um interno da clínica, tido por homicida, esteja em condições de julgar outra pessoa, logo uma companheira de infortúnio?

O senhor pode.

E você diz que não é revolucionária... Mas só longe do diretor... Entendo...

Então?

Talvez não seja difícil, com um pouco de imaginação e audácia. Comece-se dizendo que *roupa* nada mais é do que *repressão sob medida*. Os animais dispensam esse luxo e estão livres dos costureiros. No fundo, os seres humanos invejam a liberdade natural que um dia sentiram, primitivamente. Eu sei que Isabel Cândida tem uma bíblia e um terço de contas cor de cinza. A bíblia é bem cuidada, reluzente, com capa de couro. Penso que, por imposição religiosa, ou pudor mórbido, Isabel Cândida nunca tivesse se despido diante do marido, mesmo nas núpcias. A morte do homem, numa rodovia, esmagado sob a ferragem dum ônibus, fez com que ela refizesse o conceito de pecado e reconhecesse o verdadeiro inferno... Sair nua pelo corredor, gritando, é uma declaração de culpa e também uma forma de masturbação...

Masturbação?

Sim. Eu vi como a Isabel Cândida recupera a posse

136

de si mesma depois desses escândalos, calma, relaxada, quase bonita, recompensada, sonolenta...

E isso me leva a Irineu Evangelista.

Por que ele se masturba em público, na varanda, com a proteção inútil dum pilar?

Responda.

Esse tipo — nojento — faz sigilo de suas origens rurais. Mas ele gosta de moda de viola e tem uma coleção de literatura de cordel, em folhetos ensebados, entre os quais um vigilante, de uniforme mais negro do que nunca, encontrou um dia um *catecismo* de Carlos Zéfiro. Às vezes ele se disfarça com uma ou outra mesóclise urbana.

Não tenho dúvida de que Irineu foi surpreendido em flagrante no alpendre da fazenda, e sem tempo de se explicar para a sua mãe indignada, brava, católica, apostólica e romana, fecundou a cueca antes de se esconder atrás do pilar. Tomou uma surra de rebenque, além da condenação duma vergonha que o subjuga até hoje... Talvez por vingança, ou mero desafio compensatório, ele exibe o que lhe resta, rugoso, frouxo, seco e fétido. O rebenque ainda lhe arde nas costas.

Faz sentido...

Vejo semelhança entre as duas tragédias, desumana em Isabel Cândida, ridícula em Irineu Evangelista. Porém nada se compara ao episódio grotesco do açougueiro Balzac e seu amante. O que significa crucificar o parceiro no tronco duma árvore? Uma revolta contra a opressão sexual, óbvio. Uma tentativa de cristianizar a sede e santificar os descaminhos do corpo. Um rasgo de ódio ao preconceito. Uma disciplina para o mistério, com os pregos e o martelo do inconsciente...

Não pare. Continue falando.

Nem sei o que estou dizendo...

Por isso gravamos. Linguagem também é sangue... Sujeita-se a uma espécie de hemograma que pode indicar as vias de sua cura.

E o que faço com a minha cura?

Veremos depois. Fale o que lhe vier à cabeça.

Assim como há bibliófilos, há o Cícero. Ele matou só para colecionar orelhas. As suas eram de rato, e não evoluíram para coisa melhor. Por que internaram Kant nesta clínica? Seria a razão pura... E Lutero? Excesso de teses... Não me canso de olhar Iracema e sua boneca. Se, por hipótese, o espírito assume a forma do corpo, o de Iracema é aquilino, esquelético, de asas negras e mão adunca. Ela teve uma filha e lhe dava seis banhos durante o dia e três ao longo da noite. Não permitia a ninguém que se aproximasse da criança, sem desinfetá-la depois com aspersões físicas, ou místicas, de invocações

138

ou bisnagas de limpeza. Constrangeu-a pela proteção. Ensinou-lhe o pavor do mundo... Entretanto a ingrata cresceu... Transformou-se numa boneca de louça... No refeitório, na sala de convivência, na varanda, atrás das cartas de baralho ou na frente da televisão, Iracema resiste a separar-se de Madalena Pires e a sua cadeira de rodas, o seu xale espanhol, a sua introspecção triste. O que seria isso? Simples inveja do hímen... O hímen, só o hímen, resguarda a mulher de seus herdeiros necessários.

Quanto aos outros trastes humanos como o locutor Jaime Belfort Castanho, babando os seus espasmos numa voz bovina, não me comovem. Aliás, nem estes. Os loucos não são apenas os internos. Gabriel, o jardineiro, balbucia confissões íntimas aos arbustos... O Cabo Guimarães urina com estrépito no vaso dos fundos, em cima da água, com a porta semiaberta, inquietando as mulheres ou os moradores de algum armário. O Cabo Guimarães...

Não conheço...

Conhece... É um dos vigilantes... Alto, mulato, rosto moço e cabelo grisalho, crespo e curto. Foi ele quem encontrou o Carlos Zéfiro na coleção de Irineu Evangelista.

Sim... Sim...

Doutora... Estou cansado...

Vou desligar.

No dia seguinte, durante a tarde, um jogo de futebol convocou os alienados para a sala de convivência, diante da televisão. Fiquei sozinho numa poltrona da varanda, de costas para a algazarra. Entre os nossos semelhantes, são bem raros os que acatam a alegria em silêncio: ou a diversão sem os seus sobressaltos. Eu escolhia entre as revistas velhas o que ler, ou apenas folhear, quando um homem alto, gordo, grisalho, de ombros redondos e modos desconfiados, tirou do bolso alguns cartões e espalhou-os no tampo de vidro. As manchas de suor na camisa xadrez, sob os braços peludos, sugeriam nada mais que uma discreta repulsa. Mas o macacão *jeans*, com tirantes para portar as ferramentas do ofício, o reabilitava.

Não tentou falar comigo. Era eletricista. Veio revisar as câmaras de segurança. Vi de esguelha o seu nome, Antônio de Alencar Pereira e Vasconcelos. Nada significava para mim. Logo eu o esqueceria... Marcaram um gol... Também não me lembro do que disse na entrevista de ontem...

Como lembrar?

Os atletas das cadeiras de rodas gritavam de paixão e entusiasmo, ambos falsos, mas sob a camuflagem duma alegria imposta pelo hábito. Aleijados de pensamento, trastes inúteis, porém inconscientes disso, embriagavam-se de imagens e se deixavam seduzir pelo movimento alheio. Meus semelhantes... Como admitir sem protesto essa semelhança?

Um estudo em branco e preto

Eu me habituei a caminhar pela quadra de esportes, indo e voltando, à tarde ou pela manhã, do galpão aos fundos. Sob a vigilância dos uniformes negros, conto sempre os cento e dez passos do hospital e retomo a contagem a partir do início. Eu cultivo a mística do primeiro passo. Parece que ninguém me persegue nessas horas e eu dou uma trégua a mim mesmo. Um ou outro graveto, ou folha seca, deixa-se esfarelar sob as meus sapatos sem cordões. O jardineiro Gabriel, muito misterioso e de repente gaguejando, me interrompeu hoje pela manhã com um vaso de pequenas e espinhentas rosas, entre as mãos. Ele estava inquieto... Detesto rosas, especialmente as rosas miúdas, e sua vulgaridade. Afoito e respirando forte, com um cheiro de suor que mesmo as flores não podiam disfarçar, ele fez uma espécie de reverência e me perguntou se a doutora Ingrid, *por acaso*, não gostaria de ganhar aquele

143

vaso como lembrança... Eram rosinhas ruivas... Retomei a contagem, agora em voz alta e agressiva. Claro que o jardineiro não precisava da opinião de ninguém para especular se Ingrid aceitaria ou não um maldito vaso de flores. Ele nem deu pelo meu acesso de fúria. Acho que sou educado, ainda que em fúria. Berço é tudo.

No centésimo décimo passo, com a indignação dos bêbados, eu abandonei a quadra e pisei no cimento fraturado da calçada. Meio trôpego, carregando no colo a minha velhice e o meu ódio, entrei pela porta lateral da varanda. Estavam todos lá, ou quase isso. Quanto a mim, eu teria ciúme da exasperação física de Gabriel, esse homem sujo, tropeçando em derredor da imagem de Ingrid? A única poltrona vaga era à esquerda de Jaime Belfort Castanho. Belfort estava livre das emoções e das bebedeiras morais. Babava como se ejaculasse pela boca. Dali se expelia um mugido que a saliva lubrificava. Os olhos, revirando-se em busca do que enxergar, nada revelavam na sua ausência de brilho. Afastei a poltrona ao ocupá-la com algum desgosto e *talvez* indiferença... Sim. *Talvez...* Porque o meu ódio foi desparecendo devagar, ainda que sem extinguir-se de todo.

Nunca se deve extinguir o ódio... Porém, os limites estreitos daquele corpo, agora um ser desarticulado e absurdo, um excremento de si mesmo, fragilizava meu ódio e tornava-o sem objeto visível. Não que eu me compadecesse. Longe disso. Apenas expulsei da mente o jardineiro.

Na manhã clara o sol invadia a varanda pelas frestas da persiana poeirenta e se espalhava ao longo das lajotas.

144

Vi que Isabel Cândida murmurava nervosamente a reza matinal, no regaço o terço cinzento, a bíblia fechada com os engastes de latão. Irineu, o evangelista, espiava ao redor... Tensa, Iracema vigiava o sono da boneca no carrinho; ela dormia até tarde. Quanto aos outros doidos, não sei... Fui movendo a poltrona para evitar a ardência do sol e ouvir em pormenores o que se conversava no café retardatário dos médicos. Molina, Sales, Gregório e Ingrid demoravam à mesa do refeitório porque o Dr. Alfredo, coisa rara, e de jaleco sobre uma camisa preta, bebericava com profundidade soturna uma vitamina de abacate com leite. O costume era o diretor receber a bandeja do café na sua sala.

Ridícula figura, a do diretor. Para quem ele se exibia de camisa preta e sapatos de cromo alemão? E de verniz? A camisa criava um sóbrio contraste com o jaleco branco e solto, de abas esvoaçantes para esconder o unto. A cara escanhoada, o nariz sôfrego, os dedos catedráticos, para quem? Gregório, psiquiatra com tese na Universidade de Roma, *La Sapienza*, ostentava meias vermelhas e botinas de camurça azul, de sola espessa, a cabeleira cheia, ondulada, sobressaltada, prateada, engomada, com um perfume atroz... Suspeito de usar um par de suspensórios floridos, ele mantinha o jaleco sob a pressão dos três botões. A voz de flauta doce, as unhas polidas, uma cova no queixo, *fazia* olhos de lacaio triste diante de Ingrid... Nauseabundo.

Antes de me submeter à hospedagem desta casa de alienados, eu já sabia alguma coisa sobre o Molina, filho de outro Molina, também psiquiatra, que prestava

145

assistência aos carrascos da ditadura militar nas sessões de tortura, esse modo eficaz de saber os limites do ego.

Agora, alto e esquivo, ao lado de Ingrid, a ossada transparecendo pelas mangas arregaçadas, os pelos de veludo e o cronômetro pulsando de esperança, ele olhava a doutora e arrastava a cadeira com o peso dum desejo secreto, remoendo-se no esforço da sedução. Inútil... O sorriso de Ingrid era o retrato do repúdio, assim eu imaginava.

Raul Sales empurrou a xícara vazia. Disse:

— Há uma Saint John Coltrane Church, acho que só nos Estados Unidos, e talvez na África, quem sabe...

— O saxofonista? — admirou-se Ingrid ingenuamente, ainda que remoto o seu interesse.

— Sim... Hoje ele é santo... Foi canonizado pela Igreja Ortodoxa Africana... O templo fica em São Francisco, melhor lugar só em Beverly Hills... Se existe Donald Trump, tudo é permitido...

Observei que o Dr. Alfredo, e eu podia analisar-lhe com exatidão as variações do rosto, da minha poltrona, de viés, acrescentava uma dose de raiva ao sarcasmo de seus lábios. Claro que Raul Sales, calvo e de barba curta, freudiana e preta, queria impressionar Ingrid... De costas para mim, como Ingrid, imprimia um tom casual à conversa. Mexiam-se muito, Raul Sales, Molina, Gregório, menos o Dr. Alfredo, para quem a frieza era uma ciência, mais do que um hábito.

Raul Sales prosseguiu:

— Os fiéis se reúnem aos domingos, ao meio-dia em ponto, dançando, cantando, rezando ao som de pandeiros, de guitarras, de tambores, de maracas que apanham no corredor da igreja, e se deixam possuir pelo encantamento coletivo e pela hipnose da música... A música atormentada de Saint John...

— Você esteve lá? — indagou Gregório com um sutil desprezo na voz, agora mais grave e baixa.

— Não... Nem era necessário. Eu vi em algum jornal e isso me fez pensar... As imagens nas paredes, envolvendo os crentes, mais do que provocam, amedrontam... Numa delas o sax de Coltrane expele chamas. Em outra o semblante dele se transforma no de Billie Holiday... Psicopatia de grupo... Até o demônio tem algum receio...

— Por falar em demônio — Molina interrompeu. — Esse administrador do fogo eterno, ou fátuo, ninguém perde tempo com a diferença, me causou tamanha decepção...

— Nossa... — Gregório simulou espanto. — Você esteve no inferno?

— Não tenho saído de lá.

— Compreendo...

— A narrativa é de Rabelais. Freud gostava muito de Rabelais. Eu li num livro de divulgação psiquiátrica a respeito de exibicionismo: uma jovem muito bela, de pública e formosa vulva, morreu... Naturalmente, foi para o inferno. Sacudindo as pulseiras diante do demônio, despiu-se devagar, com enorme força sedutora. Revelou o buço entre as pernas. O diabo fugiu espavorido...

Riram com espalhafato, menos Ingrid, que abaixou a cabeça, e o Dr. Alfredo, que tomou num gole o que restara da vitamina de abacate com leite. Houve um instante

147

em que ela se voltou para a varanda e pareceu não me reconhecer, sem os óculos. Senti um alvoroço no peito... Ingrid... Neta precisa de óculos para reconhecer o avô? Gregório ergueu-se e consultou uma agenda de couro marrom. No guardanapo de papel o Dr. Alfredo, desdobrando laboriosamente um barco de enxurrada, largou-o à deriva na mesa. Não o achei distraído, ao contrário, seu olhar era intenso. Ele virou a proa do barco na direção de Ingrid.

Raul Sales e Molina acompanharam o diretor a passo servil e solene, agitando as abas do jaleco. Gregório atravessou rápido o arco do estacionamento. Desapareceram até de minha memória, de tal modo eu os desprezava. Só Ingrid permaneceu entre os internos, na varanda e na sala de convivência, onde a TV dublava a imbecilidade cotidiana e estridente. Não mereci nenhuma atenção que me destacasse do rebanho. O jardineiro Gabriel veio pela porta da quadra e ofereceu à Ingrid o vaso de rosinhas ruivas. A princípio, surpresa, logo em seguida com o entusiasmo espontâneo de sua feminilidade, ela não demorou a compor um enigma no sorriso. Pegou o vaso e depositou-o na mesa de centro, sobre a pilha de revistas. Fechei os olhos.

O enigma continuou em mim. Continuou porque eu queria que continuasse... Talvez o enigma estivesse mais em mim do que naquele sorriso sueco. Todo enigma se confunde com a sua solução intocável. Faz sentido? Não? Para o inferno o sentido.

Não mudei a minha posição na poltrona. Mas cruzei

as pernas. A manhã permanecia cálida, desde que não se saísse da sombra. O escuro crepuscular, que obtenho com os olhos fechados, refina o meu tirocínio... Sou insuportável quando inteligente... O mundo se conserva em mim e então se revela com o seu contorno tenso e intacto. Revi na memória os crápulas de jaleco. Claro que não me foi possível escutar toda a conversa, com os doidos da TV, da varanda e da sala de convivência competindo entre si, todos ávidos de audiência. Às vezes um sussurro incomoda mais do que um barítono de chuveiro. Reduzi quase a zero o ciúme pela atenção difusa de Ingrid. Sentindo o seu perfume, não o das rosinhas ruivas, recordei a ideia do *hemograma da linguagem*.

Abri os olhos. Ela não estava mais ali. Nem o vaso do jardineiro Gabriel. Porém o perfume perdurava no mesmo lugar — quase visível — como um rastro toscamente apagado na poeira, ou um chamado indistinto do vento... Excluí de minha alça de mira os doentes para me concentrar nos médicos... Não tinha nada de vulgar a hipótese do *hemograma da linguagem*. Submeter o interior do homem a uma sondagem através da *hemorragia das palavras*... Mas não era isso que justificava a existência das clínicas de psiquiatria? Como calcular o ganho para a ciência quando a medicina se depara, por sorte, com um paciente como eu? Lúcido, fluente, lógico, seco, afiado, agudo, hemorrágico de metáforas? Eu, mais do que ninguém em Santa Mônica, sou a incorporação de minha experiência.

Tenho muito que sangrar.

Por que um ato de diretoria me impede? E ainda com

149

o apoio negligente dos outros médicos? Estiquei meus ossos na poltrona e olhei o teto onde um ventilador girava com preguiça. Uma servente veio para empurrar a cadeira de rodas de Jaime Belfort Castanho. Contorcendo-se, ele enchera o fraldão. Mas a boneca de louça acordou sem chorar. Pensei...

Pensei em Aristóteles... Melhor raciocinar andando por algum caminho que seja um fim em si mesmo e não leve a lugar nenhum. Apoiado nos braços da poltrona, eu me ergui sem esforço e voltei à quadra de esportes. A luz do sol punha um rebrilho nas folhas da goiabeira, junto à escada em caracol. Caminhei até os fundos e me voltei na sombra do muro. Então recomecei a contagem dos cento e dez passos.

Deixei Aristóteles andando sozinho. Eu também não sou de companhia... De repente, navegando nas vagas de meu rancor, surgiu o barco do Dr. Alfredo, de guardanapo, em cima da mesa, com a proa virada para Ingrid. O símbolo me pareceu grosseiro e servia também para Molina, Raul Sales e Gregório, não apenas para o diretor da clínica. Todos cortejavam a minha neta, como galos eriçados, de jaleco e esporas. Parei à sombra da goiabeira para ouvir com irritação o barulho que Aristóteles fazia com uma bola de tênis, contra o cimento da calçada. Sem nenhuma dúvida, os médicos exibiam-se indecorosamente para Ingrid. A bola escapou e rolou para a Macedônia. O esforço da inteligência, a exposição daquilo que se assemelhava à cultura, as abas do jaleco adejando ao redor de minha neta... E mais o jardineiro Gabriel oferecendo flores ruivas...

150

Eu sentia um fervor homicida no meu ódio.

Otelo, o que vem a ser o ciúme? Algo que cintila no punhal de dentro... Ao mesmo tempo um crime e um direito... Num só corpo a razão e o seu tormento... Uma brutalidade suave... Uma chama escura... Uma doença que gera o próprio antídoto... Fui ao meu quarto e fechei a porta. Sentado, apoiei os cotovelos na escrivaninha, junto a LeãoTolstói. Escondi o rosto nas mãos. Eu queria sangrar em palavras e o diretor me proibia.

Subterfúgio. Fuga no subterrâneo. A proa apontava para Ingrid. Lavei o rosto e abri a porta. A tarde deslizava pelo corredor. Gosto dessa palavra. Subterfúgio.

A semana fluiu sem mistério. Ingrid acomodou-se a uma rotina exasperante. Eu não era mais um avô: era um reles paciente, igual a todos, rotulado no mesmo catálogo de cretinos de Santa Mônica. Nunca me queixo de nada, é um princípio, mas um dia, não suportando mais naquela menina o que eu interpretava como uma desistência, quase covardia diante da mediocridade ao redor, disse:

— Você abandonou o projeto.

— Adiei. Era só uma ideia imatura.

— Ao contrário. Era uma ideia com a maturidade em si. Não se engane sobre isso. Deixe o projeto germinar.

O tempo mudara. Uma ventania angustiava a copa das árvores, via-se pela vidraça da varanda. A noite começava antes que a tarde desaparecesse de todo. Um enfermeiro ligou as lâmpadas enfermiças. Com um gesto vagaroso, Ingrid reuniu as revistas na mesa de centro, alisou as capas e empilhou-as no tampo de vidro.

Alguém aumentou o volume da televisão. Era uma fatalidade. Fechando os óculos, Ingrid me olhou de viés, como se a minha insolência a divertisse.

— O senhor não parece um paciente.

— Isso não importa desde que você pareça médica.

— Nossa... Que braveza... — ela chegou muito perto da ironia condescendente com que os velhos são tratados. Isso me esfriou inteiramente. Eu me senti incapaz de arrependimento e de perdão. Disse:

— Você não se deu conta de que os seus colegas não passam de delinquentes com diploma e anel de grau? Eles são cruéis e invejosos. Perceba logo. A ideia de promover um dos pacientes da clínica a médico de si mesmo, e dos outros, é boa. Na verdade, muito boa... E o método, a articulação culta do pensamento, é eficaz e eles sabem disso. Não sou um homem comum. Não preciso da proteção de ninguém. Muito menos dum anônimo diretor de hospício. Quero falar. Posso falar...

— Por favor. Não prossiga nesse tom.

— Não sem antes esvaziar a mochila de minha raiva... Não permito que essa corja me sufoque, a mim e a você. Não desista. O cerco que eles armam é indecente. O pretexto, pueril. Será que querem negociar?

Por trás, um dos enfermeiros fez pesar a mão no meu ombro. Despencou uma chuva que estalou na vidraça. Um raio caiu muito perto. Ingrid recolocou os óculos e me olhou com a piedade científica que se destina aos doentes terminais. A luz se apagou, porém voltou logo. Com um gesto, ela sugeriu ao enfermeiro que me conduzisse ao quarto. Não me disse nada... Nada... Nada...

Um estudo em branco e preto

Nunca a perdoei por isso.

Trêmulo, peguei um maço de revistas. Não resisti ao gorila louro e de músculos salientes. Fui para o quarto. Hoje eu mato a minha neta.

Até chegar ao quarto, no meio do corredor, depois da vidraça onde a chuva batia, aguentei a mão do gorila no meu ombro. Isso me arrepiava de nojo e solidão. Entrando, eu logo me desvencilhei e ele me perguntou se eu queria alguma coisa. Não respondi e molhei as têmporas na pia. É preciso conviver com a nossa dose cotidiana de repugnância. Ele não fechou a porta ao ir embora. Pus nas costas o cobertor de baeta que fazia de mim um miserável — mais do que sou.

Impossível não pensar em Ingrid. A linguagem que ela extraía de meu íntimo era um elo, o reconhecimento dum afeto consentido. Mas ela cedera à opressão da vulgaridade e da rotina; e me condenava ao retorno a meu inferno privado.

Depois da decepção sempre me aparece uma tristeza calmante, quase amarga, que me reconcilia com a servidão de todas as horas. Apertei nos ombros o cobertor de baeta como quem abotoa um casaco de inverno. A chuva e o vento giravam nos telhados. Não estava frio, mas eu o sentia a ponto de não conter o tremor. Peguei uma revista e me sentei na cama.

Li com prazer o diário senil de Malavolta... Prazer, porque ele sofria, e eu gostava disso.

"A juventude é um equívoco. A beleza também. Um dia surge na cinta a barriga de cerveja, os cabelos se

153

despedem, grisalhos e secos; a visão exige lente grossa e os passos perdem o apoio dos degraus..."

"A enfermeira me garantiu que não era preciso sair da cama para a cerimônia do banho. Banho na cama... Aceitei a experiência não só por higiene, também por curiosidade. Ela sugeriu quatro da tarde. Veio com uma estagiária e um carrinho de produtos. Minha colaboração seria mínima: não atrapalhar. Tiraram a minha roupa, com cuidado para não me expor ao ridículo, manejando as toalhas com caridosa sensatez: toalhas fartamente molhadas a uma temperatura civilizada, escorrendo — com o perdão da palavra — carícias. Ofereceram-me uns panos úmidos para os recantos mais sagrados. Lentamente regressei a uma serenidade ingênua e antiga, de cuja sobrevivência já não suspeitava..."

"O mundo é tão pequeno que eu não preciso sair de casa para estar nele..."

Não, Malavolta. Não cabemos no mundo.

Você nunca saiu de si mesmo. Somos parecidos. Mas eu jamais escreveria um coral de lamúrias com a aparência vil de seu diário. Joguei a revista ao chão e me ergui da cama. As dores submersas no texto de Malavolta me devolveram algum alento. Agora fazia frio. Bati o trinco da porta. Não sei... Acho que dormi. Devo ter sonhado com o esquecimento. Se isso for inteligível...

Mais tarde, o gorila abriu a porta e a luz do corredor entrou antes dele. Veio com os remédios.

"Continuarei a orar sem saber por que e para quem

oro... Que importa isso? A minha vida não estará mais ao sabor dos acontecimentos, cada minuto da minha existência terá um sentido preciso..."

Fecho Tolstói, mas alguma coisa se abre em mim... Esse velho barbudo, quase um monge, nunca recorre ao ataúde de ideias defuntas que os medíocres carregam pelas alças. Mas como fugir à ditadura dos acontecimentos? Como assegurar um sentido preciso a cada minuto da existência? Eu poderia dizer com empáfia, *seja você um acontecimento... Mesmo que só para você... Porém, a empáfia passa e a verdade permanece... E a verdade é que Ingrid me devolveu a doença depois de, por um momento, tê-la retirado de meu corpo... Por um momento... No meu vazio, ela moldou outra loucura, mais ciumenta, perversa, quem sabe homicida...*

Quero gritar e não posso. Se não fossem a televisão e as drogas, todo o hospício estaria gritando. Vou dormir...

Kafka, e eu nem sabia que ele era um dos internos, morreu de madrugada. As câmaras de segurança do corredor o surpreenderam ali, camuflado de barata. Foi pisoteado por um sapato transeunte.

Aperto o ombro de Ana Karênina, ainda pulsante, e a levo até a biblioteca do corredor, onde deixo Tolstói, tão velho quanto eu, na cara de asceta as rugas de que pressentimento?

Arde o dia através do janelão e por ali acompanho os passos de Gabriel, o jardineiro, debaixo dum absurdo guarda-sol vermelho com franjas, murmurando o seu silêncio a cada vaso de planta. Mastiga um toco de cigarrilha apagado, fácil de esconder no bolso. Lúgubre, surgindo do nada sob o guarda-sol aparatoso, ele parece uma flor descomunal e ridícula. Olho para o outro lado da vidraça.

Com solenidade artificiosa, o Dr. Alfredo caminha para o arco do estacionamento. Ingrid é uma ausência externa. Mas por dentro, ao mesmo tempo com o seu sorriso e agora a sua distância, a sua desistência, o seu quase abandono, ela me povoa os sentidos. Na realidade, o que teria acontecido? Por que, de repente, deixei de ser uma hipótese interessante? "Não se comporte", ela disse. "Não se comporte..."

O Civic LXR preto manobra no pátio.

Uma tarde eu me senti disposto a recuperar a razão, o que seria uma loucura, quando Ingrid entrou no meu quarto, à frente de Valdir Mena Barroso. A esferográfica rolou no tampo da escrivaninha e fechei o caderno. Pelo corredor, muito perto da cela, andava o psiquiatra Gregório. Deteve-se o suficiente para observar o que se passava, com o seu olhar inquisitivo e sombrio, a encobrir intenções vagas, talvez mesquinhas. Ensaiou um sorriso para simular simpatia. Hesitou. Foi embora. Levou com ele pensamentos ondulados e grisalhos.

Por um momento eu me enganei com a impressão de que nada mudara: o perfume, a rotina das ausculta-ções, a ironia na voz, uma doçura antiga, uma temperatura cúmplice... Valdir falou alguma coisa que não ouvi. Quando abri os olhos, ela se despediu. Por que tão breve a visita, eu me decepcionava como um avô intolerante.

156

Respondeu Valdir Mena Barroso, ela tem outros pacientes, e sentou-se na cama, afundando o colchão. O óbvio sempre me ofende.

Ele apontou com o queixo os meus cadernos. Disse:

— Não vi da primeira vez.

— As gavetas são discretas.

— Mas o senhor não. Pelo modo como fala, eu poderia deduzir que escreve.

— Um investigador...

— Estou sem a Zoom H6 e fui revistado na portaria. Ficaram com o meu celular.

— Com a arma também?

— Não. Nem com a minha memória.

Escutei passos cadenciados no corredor... Gregório não espiou a cela aberta, mas parou para folhear a agenda. Ao longe, um vozerio de altercação e choro... Depois, silêncio... Gosto das reticências... Eu sou eu e minhas reticências...

Valdir disse:

— Desconfio desse médico. Aliás, desconfio de todos. Cobiçam não só a ideia de Ingrid, mas a própria Ingrid.

— Eu sei.

— São patéticos... Indecorosos... Examinar por dentro um paciente com a sua visão do mundo... Assumir o perigo de perder *esse achado*... Invocar um pretexto imaturo...

— Obrigado, Valdir... Você me faz compreender que não faço parte da humanidade e sim dum tratado de psiquiatria. Obrigado...

Declarou com ênfase raivosa:

— *Eles* fazem parte da humanidade. *Saiba que tiraram cópia de seus cadernos, folha por folha, verso e anverso.* Eu me recostei na cadeira. O respaldo estalou. Após uma pausa, eu disse bem devagar:

— Não me surpreende. Ambição e ciúme...

Naquele maio gelado a noite chegava logo depois das cinco. Sozinho na cela, a porta aberta, um cheiro de canja pelo janelão do pátio, abri o caderno. Ingrid passou, apenas passou pelo corredor, olhou-me com intensidade tênue, permitiu-se um sorriso de lábios apertados, os óculos na testa. A aparição me comoveu. Essa imagem a perdoava... Afinal, apesar de Leão Tolstói, de que modo moldar a vida a nossa semelhança? Eu recomecei a escrever. Foi a penúltima vez que vi Ingrid.

osto de Rachmaninoff. Alguém vai encarar?
A primeira vez que ouvi o concerto para
piano em lá menor, eu descia a escadaria do
Instituto de Educação, na Praça Martinho, em Santana
Velha. Eram visíveis as telhas goivas de cada sobrado
no começo da Avenida Floriano Peixoto, quase negras,
ou cinzentas, rumo à Vila dos Lavradores e à Estação.
A música parecia escalar as torres da Catedral e difundir-se no encalço do vento. Eu sonho com isso... Eu era
jovem. Ninguém me perseguia. Faço Ingrid subir a escadaria ao meu encontro... O piano arranca pedaços de
meu peito.

A blusa branca, a saia plissada, azul, os cabelos lisos, presos por uma fita, uma flor no colete de grandes
botões de camurça, os óculos na ponta do nariz, a vitalidade sorridente, as meias brancas do Ginásio, Ingrid,
subindo os vinte e cinco degraus do Instituto, com

161

Rachmaninoff ao fundo, nunca me encontrou. A pancada seca do ferrolho, fora da cela, desfez o meu sonho. Manhã maldita... Era a hora de esvaziar o corpo e lavar-se para o café.

Fiz isso, e enquanto fazia, a tormenta tomou conta do hospício. Gritos. Correria. Lamentações. Um ar de estupefação varava as paredes. Abri a porta para uma tragédia difusa, ainda desconhecida... Com os passos cautelosos da velhice, tardos e oblíquos, fui pelo corredor até o *hall* do refeitório. Um medo premonitório me afiava os sentidos. Na varanda, as cadeiras de rodas afastavam-se de meu caminho. Cícero das orelhas e Kant me olharam com desprezo irônico. Lutero voltou-me as costas. Enfermeiros e guardas acotovelavam-se na escada de mármore, barrando a entrada para os consultórios. Isabel Cândida, numa ameaça aterradora, ergueu a Bíblia acima da cabeça e apontou-a na minha direção. Irineu ocultou-se atrás do pilar. A boneca no colo de Iracema, tornando-se também adunca e grisalha, as garras de abutre, deu uma gargalhada feroz.

Após o que, o rumor cessou... No silêncio, naquele silêncio eterno, feito não de piedade, mas de acusação, deram-me passagem. Tropeçando, eu me aproximei da sala de Ingrid.

Estava morta. A saia levantada, no peito um facão de afofar a terra dos canteiros, imundo, cheio de ferrugem. Livros e pastas atirados no soalho. O sangue alastrava-se numa poça. Um rumor me possuiu por dentro. Gritei:

— Eunice... Eunice... Eu não queria isto... Eu... Eu...

Mas me agarraram com violência e ódio. De repente

o chão transformou-se em parede e teto, um labirinto, e por ele fui arrastado...

Não sei como definir o vazio e a consistência de seu oco. Talvez um abismo interno: uma prostração tenaz: uma dor sem fronteiras. Quando recuperei a consciência, ela veio com uma culpa e uma perda, tudo insuportavelmente nítido. Então me disseram que fiquei desacordado três dias. Na verdade fui jogado às malhas do *pesadelo branco: um sonho sem imagens, porém repleto de atmosfera e susto.*

Logo reconheci a presença angulosa de Molina e a barba freudiana de Raul Sales. Muito sério, um enfermeiro me tomava o pulso. Era a cela, ou o quarto. Eu tinha escoriações nos ombros e nos braços. Entrava a luz da tarde pela vidraça. Vi o investigador Valdir Mena Barroso e o seu rosto arranhou as feridas de minha culpa. Admiti:

— Eu matei...

— Não... — ele se apressou. — Não poderia... Ingrid foi assassinada entre duas e quatro horas da madrugada. As celas estavam aferrolhadas por fora. Acabamos de ler o laudo.

Mas a minha confissão era insistente:

— Eu matei Eunice...

Um constrangimento pegajoso invadiu o quarto. Pela porta entreaberta passou uma espécie de oração agônica, vinda do começo da noite. Pálidos, os médicos encurvaram a cabeça. Valdir olhou-me com uma resignação triste. Todos eles sabiam disso... Só eu não sabia.

163

Pensei em Ingrid. Chorei. Eu chorei... Isso era uma adesão tardia, e contraditória, ao mundo que me repugnava. Impossível tolerar por mais tempo a convivência e a intimidade com o absurdo, estou desfalecendo, o absurdo vil, inesperado, ríspido, eu quero morrer, eu vou morrer, ouço de Molina a revelação infame, quem matou foi o jardineiro, sim, o jardineiro... Mas uma onda de dúvida, como um calor, bate em mim e me devolve lentamente o senso perdido, isso é ridículo, não pode ter sido o estúpido Gabriel. E por que não? Ele está preso. Já confessou.

Entraram uns senhores de gravata e pastas de couro. Um fardado não ultrapassou a porta, o olhar arisco. Entre os civis, um era baixo, de chiclete e músculos tensos num paletó sem ombreiras; o outro usava um *blazer* xadrez. Senti o peso e o cheiro da autoridade. A repulsa me enrijeceu o corpo sob as cobertas. O enfermeiro e os médicos não se mexeram. A raiva pode ser um remédio, pensei. O homem baixo mascava a goma com inteligência e método. Enquanto Valdir se aproximava da cama, Raul Sales avisou:

— Ele ainda não tem condições para depor...

— Tenho — reagi com a voz subitamente forte.

Interveio Molina:

— Eu também acho que não. Sou médico.

— Estou vendo — disse o homem do *blazer* xadrez. — A justiça pode esperar...

Bradei:

— Mas eu não posso!

164

Um estudo em branco e preto

A natureza da pausa — grave — sugeria a consumação dum desacato. Surpresa de todos... O chiclete era testemunha... Ainda que com as juntas emperradas, eu me endireitei sozinho; o enfermeiro e Valdir ajeitaram travesseiros às minhas costas.

— Aconselho o senhor a se precaver — ponderou Raul Sales.

— Isso deveria ser dito à Ingrid... Não a mim. Ouçam todos. Gabriel, o jardineiro, é a reencarnação do boticário de Shakespeare... Quando Romeu recebe de Baltasar a notícia de que Julieta morrera, quer juntar-se a ela e logo pensa na botica e no veneno onde o encontraria. São quarenta ducados em ouro para infringir as leis de Mântua, e o boticário, esfomeado e tétrico, simula hesitação... Argumenta Romeu que o mundo nunca foi amigo dos pobres, muito menos a lei do mundo. *Minha pobreza consente*, diz o boticário, mas não a minha vontade. Diz Romeu: *Pago a sua pobreza e não a sua vontade.*

Sei que jamais se deve citar Shakespeare diante da autoridade em exercício... Corre-se o risco da empáfia jocosa... Inquietos, o chiclete e o paletó xadrez nem tentaram ocultar o embaraço e o enfado. Concluí com a minha ironia espessa:

— Eu quero dizer, senhores, que o ouro de ontem é a publicidade de hoje. O jardineiro não matou ninguém. Isso é uma insensatez. Entretanto, como o Gabriel, esse boticário de flores, poderia resistir e perder a oportunidade de *surgir* duma hora para outra como *pessoa* perante o mundo? Embora sob a acusação de homicídio... Por que fugir ao assédio dos curiosos da imprensa e dos

165

bons costumes? Enfim, demorou um pouco, mas a sua existência anônima era de alguma forma traduzida em reconhecimento... Por que evitar essa rara consagração da insignificância? Só por isso Gabriel confessou.

A um gesto de Molina, quase brusco, o enfermeiro me preparou o braço esquerdo — cheio de equimoses — para a injeção duma droga qualquer. Cabisbaixo, muito próximo de mim, corrigindo a posição dos travesseiros, Valdir disse com a voz serena:

— A câmara do segundo corredor flagrou Gabriel às duas horas da madrugada entrando no gabinete de Ingrid. Ele só confessou depois de saber disso.

Silêncio... "Olhai o sacrário..." Eu me lembrei desse cântico religioso. Assim como Gabriel sucumbiu ao fascínio do crime não cometido, eu fui me rendendo vagarosamente, grau por grau, aos efeitos da droga... Logo as imprecisões de meu espírito se transferiram para a vida ao redor. Fixei na mente, a favor dos policiais, que sua expressão era ao mesmo tempo compungida e triunfante. Não chegaram à zombaria... Todos saíram do quarto, menos Valdir. Só então, um pouco antes do desmaio, reconheci a dor no rosto de Valdir, a dor do absurdo e da incompreensão. A imagem de Ingrid passou pelo corredor. Olhou-me com intensidade: um sorriso de lábios apertados: os óculos na testa.

Foi a última vez que vi Ingrid.

Ao acordar, tive a consciência resignada de que não conseguiria erguer o corpo sem ajuda. Sentia um esmagamento por dentro. Não me perturbei... A manhã enviava pela vidraça uma luz nascente. Os policiais não estavam à minha volta. Não era uma benção? Sem que eu pedisse, Valdir me acudiu com a solicitude triste que a tragédia irradiava. Havia mais alguém no quarto: atrás dele, um homem de casaco preto me examinava detidamente.

— Frei Eusébio...

— Sim — estendeu as mãos que apertei com tolerância. — Veio ouvir a minha confissão?

— Ao contrário, vim revelar contritamente o meu lado escuro, inconfessável; e só por isso eu confesso...

— Duvido que se arrependa de algum pecado.

— Duvidou com inteligência cartesiana, colega.

— Contemporâneo... — eu volvi os olhos para Valdir.

— Quero ver o filme da câmara de segurança. É possível?

— Claro... — ele saiu e seus passos ressoaram até sumir no corredor. Nenhum outro ruído... *Eu já estava habituado ao hospício...* Estremeci de horror... O mal-estar começou por um formigamento nos braços. Eu transpirava. Com a voz apagada, perguntei ao frei:

— E o pecado?

— O pobre pecado... — ele chegou mais perto e ajustou-se como se fosse o meu espelho, a barba grisalha, os cabelos brancos e em rebelião com os bons modos, a boca de viés, os olhos de azeitona escura... Aceitei nas minhas o alento de suas mãos... Ele disse: — Eu era apaixonado por Eunice...

Propus um sorriso absolutório:

— Todos eram...

Não recomendo a ninguém o ciúme póstumo. Isso

prejudica a democracia... Gregório, o psiquiatra, entrou lado a lado com Valdir, ambos apressados. O investigador segurava pela alça uma pasta preta. Colocou-a na cama, junto aos meus pés. Não inteiramente, eu me achava recuperado. Em nenhum momento tive a lucidez comprometida, apesar dos remédios e das crises. Afinal, seria injusto rotular o *pesadelo branco* de comprometimento. Frei Eusébio removia o suor de minha testa com uma toalha que há muito tempo atrás teria sido felpuda. Como sempre impecável, e exalando uma colônia insinuante, o psiquiatra cumpriu o procedimento duma clínica para doentes mentais: pressão do corpo e temperatura do espírito.

Valdir abriu a pasta e deixou-a ao meu alcance. Era um computador portátil. Vi o filme quatro vezes. Era Gabriel, a não ser por uma circunstância muito insignificante... Fechei os olhos e percebi o retorno do vigor, como se o sangue fluísse com mais força. Eu pensava, pensava, pensava... Abri os olhos e me acomodei nos travesseiros. Disse:

— Ainda não vi o Dr. Alfredo.

— Ele se internou no Sírio-Libanês com depressão e síncope cardíaca — disse Gregório.

Continuou o psiquiatra:

— Molina responde pela diretoria... Nesse caos...

— E eu respondo por mim. Pus o meu caos em ordem — adverti com presteza.

A luz da vidraça já não era a mesma da manhã. Nem o calor da cela. Identifiquei uma sombra em cada rosto a minha volta: esperançosa no frei: ansiosa no investigador: e fatal no médico. Entretanto, um surto de energia, vindo não sei de onde (e quando), invadira o meu corpo, articulou-me o esqueleto e me reabilitou para o ódio. Disse com voz ressoante:

— Sou esquizofrênico. A consciência disso significa a minha cura. O que fazer com a minha cura? Informo que tenho duas mentes: uma que *raciocina* e outra que *sabe*. Nasci assim e não me queixo. Posso ver o que a maioria não enxerga.

Gregório interrompeu com um conselho:

— Não se exalte...

— O vídeo mostra a verdade e vocês não a percebem... Vê-se ali um homem com a singularidade externa de Gabriel: ruivo, mediano, sujo, curvado e com um saco plástico na mão esquerda, contendo o facão de afofar a terra dos canteiros. Esse homem carrega também o dolo do homicídio, por ciúme? Por despeito? Por psicopatia? Por mera maldade? Pouco importa. As meias pretas... Vejam as meias pretas do falso Gabriel... O verdadeiro jamais as usaria... Pelo físico vulgar, pela estrutura do corpo, esse disfarce caberia ao Gregório, ao Raul Sales, ou ao Dr. Alfredo, que tinham motivação para suprimir Ingrid ou tirá-la do caminho.

— Que loucura, meu amigo... — protestou o médico.

— Sim. Foi uma loucura e vou dizer de quem.

Valdir agarrou a guarda de ferro da cama e apertou-a nervosamente. Gregório exibia no semblante uma expectativa desdenhosa. O frei cruzou os braços, à espera duma epifania. Eu disse a Valdir:

— Repasse a nossa entrevista. Deve estar gravado logo no início o solilóquio de Gabriel na porta do quarto, quando ele olhava para o vácuo de sua existência, lembra? *Não acredito em ovelha negra... Nem em orquídea negra...* É preciso buscar o sentido da linguagem, sempre, até na obscuridade mais hostil e estranha... Esse boticário de crisântemos e azaleias nunca se utilizou da cor negra. Seus sapatos são marrons. Seus meiões, dum branco asqueroso, com listras. Suas roupas, tendendo ao cinzento. Seu guarda-sol, vermelho e com franjas. Seu cabelo, ruivo...

Gregório balançou a cabeça. Mas o interesse do frei e de Valdir me incentivava. Fui desenrolando a cerca elétrica de meu pensamento, agora mais calmo:

— O assassino, e não Gabriel conhecia o meu caso e como eu me servi dum facão de jardinagem. O assassino, e não Gabriel vasculhou o gabinete de Ingrid à procura de anotações, rascunhos, esquemas sobre psicopatologia... Embora sob um disfarce ridículo, tentou me incriminar... Sucumbiu ao ciúme, à ambição injusta e à mediocridade... Ergueu a saia de Ingrid... Viu-a por um momento, enquanto puxava para o pulso as luvas cirúrgicas. *Eu sei...*

— Ele sabe... — acrescentou o psiquiatra.

— Não era o Raul Sales, demasiado freudiano para se arriscar a uma culpa. Nem você, Gregório, que jamais ousaria desmanchar as ondas de sua cabeleira com uma peruca ruiva. O assassino é o Dr. Alfredo. Eu vi essa criatura enigmática dobrar o guardanapo em forma de barco *e apontar a proa* para Ingrid, no refeitório. Qual o significado desse gesto?

Densamente, o espanto preencheu a cela. Pausado e espesso, um espanto incômodo... Com a lentidão de quem já disse tudo, fui falando enquanto uma sensação ruim retornava:

— A insanidade momentânea deixa rastro... Procurem uma peruca ruiva no Civic LXR preto do diretor; e os papéis de Ingrid... As peças de roupa do jardineiro estão na lavanderia. Desculpem a insistência no óbvio... O Dr. Alfredo é arrogante demais para destruir o próprio rastro. Ele quer ser descoberto, preso e vilipendiado... Essa contradição, misto de orgulho e culpa, chama-se suicídio moral... Procurem...

Disse o frei:

— Tudo isso tem lógica. Mas será que a lógica sempre se justapõe à verdade?

— Discussão estéril, colega.

— Contemporâneo... — sorriu o frei.

De repente, pareceu ter anoitecido.

Sim. Era a noite. A luz amarelada do hospício, quase oleosa, vinha pelo corredor. Seria a sombra de Valdir entre os batentes da porta? Às vezes um grito distante expandia a sua angústia. De longe, assemelhava-se ao ensaio dum coral sem afinação, regido pelos demônios... Frei Eusébio acariciava o dorso de minha mão direita. Ele disse:

— Gabriel foi solto, a contragosto dele.

Tentei rir... No escuro, quem perceberia... O frei se apossou também de minha mão esquerda. Disse:

— Acharam o rastro do diretor.

Era Valdir Mena Barroso entre os batentes da porta. Ele veio pelo polígono da luz e aproximou-se da cama. Pôs a mão na minha cabeça. O cinturão preto ostentava uma fivela de marfim com uma caveira e duas tíbias. Eu disse:

— A terra come também os coveiros.

Advertiu Frei Eusébio:

— Muito shakespeariano.

— Algum mal?

— Nenhum.

— Eu... Eu...

Um estudo em branco e preto

A morte é o resto.
O resto é o silêncio e o seu ruído cavo.

SÃO PAULO/2018

Esta obra foi composta em Georgia e
impressa em papel Pólen 90 g/m²
para C Design Digital em novembro de 2020